ハヤカワ文庫 SF

〈SF2261〉

宇宙英雄ローダン・シリーズ〈607〉

アストラル漁師

H・G・エーヴェルス

嶋田洋一訳

早川書房

8444

PERRY RHODAN
DER SUPERKÄMPFER
EIN RAUMRIESE ERWACHT
by
H. G. Ewers

Translated by
Yooichi Shimada
First published 2019 in Japan by
HAYAKAWA PUBLISHING, INC.
This book is published in Japan by
arrangement with
PABEL-MOEWIG VERLAG KG
through JAPAN UNI AGENCY, INC., TOKYO.

目次

アストラル漁師

登場人物

タウレク
ヴィシュナ ……………………………コスモクラート

ラス・ツバイ……………………………テレポーター

イルミナ・コチストワ…………………メタバイオ変換能力者

エルンスト・エラート…………………メタモルファー

スタリオン・ダヴ………………………オクストーン人。ハンザ・スペシャリスト

ギフィ・マローダー（モジャ）…………テラナー。アストラル漁師

アルバート・アインシュタイン…………アンドロイド

ペルーズ…………………………………オクリル。クローン生物

1＝1＝ヘルム……………………………技術エレメント。孵化基地の指揮官

エレメントの支配者……………………エレメントの十戒の支配者

アストラル漁師

H・G・エーヴェルス

1

わたしは潜時艇の制御盤上にあるセンサー・ポイントに触れ、事前プログラミングされた、固定器具つきのサイドヒットを作動させた。プシ・ブリンカーが〝過去〟にもぐって点滅し、一平面で安定するのを、次元潜望鏡の接眼部を通して見守る。

「ここではなにも獲れませんよ、モジャ」セラン防護服のポジトロニクスであるヒルダのスイッチが入り、耳のなかに声が聞こえてきた。「この物質雲のなかで重要な進化は起きていないので。どうやらビッグバンから三十万年くらいで、進化が停止してしまったようです」

「そんな話を頭のなかに響かせないでくれ」わたしはいった。「物質の進化は自然の法則で、全宇宙に適用される。一部宙域だけ停止させるなんてことはできないはず。プシ・ブリンカーはある時間平面で安定している。進化跳躍が生じた証拠だ」

「その場所で？　それとも、その時期に？」

わたしは答えなかった。なにがなんでも自説を押し通すつもりはない。わたしが探しているのは五次元構造体だ。プシ・ブリンカーの誘惑に気づく程度の知性を持つことが望ましいが、あまり知的レベルが高くても困る。既知の宇宙航行文明が、明文または暗黙のルールによって、それらを保護しているかもしれないから。

接眼部に目を強く押しつけ、対物部の設定を調整。次元プリズムを通して、プシ・ブリンカーが安定した過去平面の映像が対物部に投影される。ブリンカーの動きは確認できていた。獲物である五次元構造体はブリンカーを餌と認識したはず。なぜ食いついてこないのか、理解できない。

プシ・ブリンカーの経路をずっと監視していたので、頸が痛くなってきた。接眼部から目をはなし、背筋をのばして伸びをする。視線は探知スクリーンの上をさまよった。潜時艇が存在するのは時間波の頂点……われわれアストラル漁師のいう〝絶対現在〟……なので、見ているのはNGZ四二七年の環境だった。陰気な眺めだ。いま横切っている物質雲を光学的にとらえることはほとんどできない。探知機のおかげではっきりわかるだけだ。物質雲の主成分が水素であることもわかる。ほかにわずかにヘリウムがあり、それでぜんぶだ。

さらに遠くの環境では状況がまったく異なっていた。周囲全体に探知できるのは明るい斑点のような銀河団だ。わたしは一抹の哀感と諦念とともに、銀河系をふくむ銀河団が存在する、だいたいの方角に目を向ける。だが、それは見あたらなかった。見えると思っていたわけではない。いま手もとにあるのとはまったく違った装置がないと、二十億光年はなれた場所を〝見る〟ことはできないから。結局のところ、銀河系とアンドロメダ銀河のあいだの距離はほんの二百五十万光年だが……それでさえ、人類の想像力には大きすぎる距離なのだ。

いつか女上司の寵愛を失うことを想像して、身震いする。ペルウェラ・グローヴ・ゴールとその漁業母船がなかったら、故郷銀河に帰ることもできない。彼女と契約するなんて、どうかしていた。残念ながら、ペルウェラの正体を突きとめたときは、もう遅すぎたのだ。

「プシ・ブリンカーが！」ヒルダが叫んだ。

物思いから抜けだすのはかんたんではなかった。

「どうした？」

「水平軸を中心に揺れています」と、ポジトロニクス。

「水平軸なんて存在しないよ、ヒルダ」わたしは乾いた笑い声をあげた。

それでも不安はあった。ヒルダの報告はたいてい信頼できるから。なにしろ上司の意識をもとにプログラミングされているのだ。

次元潜望鏡に顔をよせ、接眼部をのぞきこむ。

次の瞬間、わたしはのけぞった。プシ・ブリンカーがジャンプし、瞬時に消え去ったのだ。

「だめです、モジャ！」ブリンカーの作動平面から得た探知データを潜時エンジンの操縦装置に入力しようとすると、ヒルダが叫んだ。「それでは自分と艇を不要な危険にさらすだけ。あなたがすべきなのは、新しいプシ・ブリンカーの射出です」

もちろん、ヒルダのいうとおりだ。ポジトロニクスはいつだって正しい。わたしが使命をはたすには、新しいプシ・ブリンカーを射出すれば充分だ。それほど貴重な装置というわけではなく、ひとつふたつ失ったところで、たいした損害はない。

その一方、それではなんの解決にもならない気もしていた。最初のプシ・ブリンカーが水平軸を中心に揺れたというのは、いままでなかった事態だし、理論的には起こりえない。なんらかの未知現象が関与しているということ……プシ・ブリンカーをふたつ三つ犠牲にしたところで、原因は解明できないだろう。

「だめ！」わたしが潜時エンジンの作動回路に手を伸ばすと、ヒルダが叫んだ。「チーフに報告しますよ！」

わたしは皮肉な笑みを浮かべた。

ヒルダがチーフに報告できるのは、この逸脱行為がうまくいった場合で……うまくいったなら、わたしの行動は正当化される。うまくいかなかったら、ヒルダの告げ口を心配することなどできなくなるだろう。

センサー・ラインをなで、息を詰める。仮想のこぶしが潜時艇を底なしの深みに投げこみ、探知スクリーンになんだかわからない光の渦があらわれた。

*

そこはまったくべつの宇宙だった。

わたしがいるのは依然として物質雲の上だ。非常に巨大だが、ほとんど目に見えない。潜時エンジンが作動しても、空間的にはなんの変化も生じていなかった。ポジションの時間変位が起きただけか。いずれにしても、そのようだった。

ただ、わたしと潜時艇がいるのは、不可解な二媒体のあいだにある、一種の境界層だった。探知による分析も定義もできない。たよりになるのは自分の知覚だけだ。そこに見えるのは、一方は無限とも思える、雷の閃光のような幻影に揺らめく明るい領域で、もう一方は銀色にきらめく、脈動する巨大な泡だった。

「警告したはずです、モジャ」ヒルダがいった。

「ご親切に」わたしはなんとかしっかりした声を出そうとした。「信頼できるパートナーほどいいものはないいな」

「あなたは残念ながら違いますが。わたしのいうことを聞かないんですから」

「興味の対象が違うのさ。だが、同じになるかもしれない。母船にもどる方法が見つからなかったら、おたがいをたよりにするしかない」

「われわれにはチーフが絶対に必要ですが、彼女にとってこちらはそれほどではありません」と、ヒルダ。「チーフの助けがなかったら、銀河系には帰れないでしょうね」

「銀河系か！」わたしの口調は苦かった。「鈍感な愚物め！　銀河系はわたしにとって故郷だが、きみにとっては無数の銀河のひとつにすぎないじゃないか。ずっと銀河間空間の漁業母船にいて、銀河系に行ったことさえないくせに。チーフがわたしを帰還させるとかさせないとかいう話を、二度と持ちださないでもらいたい！　故郷に帰るためならなんだってする。潜時エンジンのスイッチを切ったらどうなるか、計算してみてくれ！」

「なにが起きるかわからないので、そんなことはさせられません」と、ポジトロニクス。「たぶんこの不可解な幻影のなかに消滅するか……泡のひとつに衝突して粉砕されるかでしょう」

「わからないってことか」

「ひかえめにいってね。ここがどこなのか、探知しても手がかりさえ得られないんですよ。逆にすべてを解釈しようとするなら、どこでもない場所ということになる」

「いずれにせよ、空間的には定義できません」

「時空連続体ではあるはずだ」

「不正解！」と、ヒルダ。「時空連続体は三次元に還元できます。ここはそうじゃない。ここには空間も時間もないんです」

「大げさなことをいうな！」わたしはいいかえしたが、時空を超越したどこかにいるという考えにはぞっとさせられた。「肉体は空間と時間のなかに存在する。潜時艇もわたしも物理的存在だ。だから、われわれの周囲には空間と時間が存在するはずだ」

「それは幻覚です、モジャ。測定可能な空間次元も、時間の経過をしめす因果律も、ここには存在しません」

「だったら、ここはハイパー空間だ」われながら説得力がない。

「いいえ」

「リニア空間？」

「もちろん違います。さまざまな徴候から考えて、ここはハイパー空間よりも上の次元構造を有するインパルスのなかでしょう」

わたしはしばらく考え、かぶりを振った。

「どうかしてるぞ、ヒルダ。そもそも物理的じゃない空間のなかに、物理的に存在することなんてできない。ハイパー空間よりも上の次元構造を持つインパルスなんて、霊的に超越した存在の精神インパルスしかありえないだろう。完全に非物質的ななにかのなかに物理的に存在しているなんて話、納得できるものか！」

「納得するかどうかは関係ありません」と、ヒルダ。「わたしの任務はあなたに手を貸して、道に迷わないようにすることです」

最後の部分の真意を理解するのに、すこし時間がかかった。

「道に迷わないようにだと！」わたしは憤慨した。「ああ、そうさ、わたしは貴重だからな……ペルウェラの個人財産として！　ひとりの人格としては、明らかになんの価値もない。なんのために生きているのか知りたいくらいだ」

潜時エンジンの制御装置に目を向ける。この瞬間にエンジンは問題なく作動していて、エネルギーはほとんど消費していなかった。プシ・ブリンカーの探知反射がなかったら、しばらくのあいだスイッチに手を触れることはなかったろう。

その探知反射が決定的な要因になった。

ひとさし指でセンサー・ラインをなぞり、潜時エンジンを停止させる。その直後、だれかの勝ち誇ったような笑い声が聞こえた気がした。

わたしは最悪の事態にそなえ……それが役にたった……

2

スタリオン・ダヴのX次元マトリックスよ、終わりだ！

かれがそう思ったのはここではなく、べつの場所、二百の太陽の星でだった。そのときペド転送機の上位次元エネルギーがかれをとらえ、送りだしたのだ。

ここに！

この地獄に！

オクストーン人には息つくひまもなかった。実体化したとたん、目の前に出現した異人ふたりが襲ってきたのだ。

どちらもキュクロプスのような巨体で、ただし目はふたつあり、その身のこなしから歴戦の戦士であることが見てとれる。ダヴはかろうじて状況を把握した。周囲で砲弾が炸裂している。

なんとも奇妙な光景だった。予想とはまるで違っている。そこは未来的な超技術でいっぱいの〝エレメントの十戒〟の基地ではなく、爆撃で瓦礫（がれき）となった都市の廃墟だった。

頭上にはどんよりした黄色い空がひろがり、雲の切れはしの上には爆発で生じた〝稲妻〟がひらめいている。

オクストーン人は直径十五メートルほどの穴を跳びこえ、ある家の残骸のなか、一階部分に突入した。壊れた家具類のあいだを駆け抜け、左によける。背後から爆発が追いかけてきた。

二十メートルほど走って灰褐色の柱を掩体にとり、ブラスターをチェックし、じっと身をひそめる。危険を前に逃げだすことはしたくなかった。

待つほどもなく、数秒後には追跡者の足音が聞こえ、ひとりが視界に入ってきた。

これではじめて、じっくりと相手を観察するチャンスができた。身長は三・五メートルほど。先史時代にカピンが培養したキュクロプスにくらべるとかなりちいさい。とはいえ、ハルト人とは似ても似つかず、明らかにヒューマノイドだ。皮膚の色は見えるかぎりでは明るいグレイだった。目は暗いブルーのガラス玉のようだ。赤みがかったゴールドのヘルメットをかぶっているので、頭髪は見えない。身につけているのはダヴと同じような防護服だった。ただ、それはまったくの偶然だろう。オクストーン人が着用しているのは、二百の太陽の星でマット・ウィリーのルッセルウッセルが用意したものだから。

話し合ってみようかという考えも脳裏をかすめたが、相手が右手首の装置でこちらの位置を探知して武器をかまえたので、考えなおした。

ブラスターで武器を撃ち落とそうとしたが、相手が急に動いたため、熱線は半メートルほどはずれ、巨人の背中を焦がした。

敵は電光のようにすばやく地下室の穴に飛びこんで身をかくし、反撃してきた。ダヴの頭上を砲弾が飛び、のこっていた天井を破壊した。

オクストーン人は首を引っこめ、感覚を研ぎ澄まして怪しい物音に耳をそばだてた。もうひとりの敵がまだどこかにいるはずだ。忍びよって、奇襲をかけたい。

「ばかげた戦争ゲームだ！」ダヴはうめいた。二度の爆発で柱から皿ほどの大きさの破片が降り注ぎ、からだをおおいつくす。

次の瞬間、かれは蒼白になった。目をまるくして、柱にあいた穴を見つめる。そこを見てようやく、それが柱ではなく爆弾だと気づいたのだ。建物を突き抜けて、一階の床にほぼ垂直に突き刺さっている。

すくなくとも一トンはある不発弾だ。

あるいは、時限信管つき爆弾かもしれない。

いずれにせよ、いつ爆発してもおかしくない。核爆弾ではなく通常爆弾だとしても、オクストーン人の肉体はかけらものこらないだろう。

かくれ場から飛びだし、前方に回転してブラスターを発射。熱線は敵の肩をとらえた。

だが、かれはそこで相手の状態を確認しないまま、パニックに駆られて壁を突き抜け……第二の巨人が伸ばした脚の上に落下した。戦闘に参加しようと、ちょうど地下室の穴から上体を乗りだしたところだったのだ。

巨人とオクストーン人はどちらも驚いた。ただ、ダヴは穴に落ちたとき武器を手ばなしてしまったが、敵はまだ巨大な両手で連射砲をつかんでいる。

「待て！」四つん這いになって床の上の瓦礫のあいだに落ちたブラスターを探しながら叫ぶ。「公平にやろう！」

そんなことで敵が動揺すると思ったわけではない。基本的にはなにも期待しておらず、ただ恐怖心をおさえようとしただけだ。さらに床を手探りしていると、とどろくような笑い声が聞こえた。

驚いて手をとめ、顔をあげる。

思ったとおり、笑い声は敵があげたものだった。ただ、それは共感の笑いではなく、せいぜいが嘲笑だ。

巨人は連射砲を捨て、剣を抜いた。背筋をのばし、大上段に振りかぶる。

剣というより日本刀のようなものかもしれない。いずれにせよ美しい武器で、それが自分の頭に振りおろされそうになっていなければ、うっとりと見つめただろう。オクストーン人の頭骨は頑丈だが、家事ロボットくらい握りつぶせそうな巨人の膂力で鋼製の鋭い剣を振りおろされたら、ざっくりと切り裂かれてしまう。

そうなるのを待っている気はなかった。急いで立ちあがり、マムスのような勢いで敵に突進する。体格差は大きいが、力ではひけをとらない……スピードもかれのほうが上だった。

ダヴの頭が敵の腹にめりこみ、剣が宙を飛んだ。両者とも床に倒れたが、すぐに起きあがる。ダヴはただちに再攻撃に転じ、巨人に連射砲をひろわせないようにした。何発か効果的なパンチが決まったが、反撃され、近くの壁まで飛ばされる。

跳ね返りながら見ると、巨人が連射砲をひろいあげるところだった。ただ、ダヴの打撃がまだ効いているらしく、あさっての方角に狙いをつけている。しかもそのまま発砲した。

オクストーン人はその先にあるものを見て驚愕した。次の瞬間には、パイプ軌道列車のように走りだした。

背後で爆発音が聞こえる。かれは半分になったアーチの下に飛びこみ、からだをまるめ、短く祈りを唱えた。

土埃（つちぼこり）がおさまると、驚いたことに、かれはまだ生きていた。顔面蒼白で背後を振り返る。

爆発でできたクレーターがあり、その周囲に瓦礫が散乱していた。瓦礫の野はかれの足もとまで迫っている。頭上にはまだ半分になったアーチがのこっていたが、その下側はひび割れて、いまにも崩落しそうだ。まだ数時間はもつかもしれないが、上に積もった瓦礫の重みですぐに崩れても不思議はない。

ダヴは早々にその場をはなれることにした。慎重に立ちあがり、一階の床の上を滑るように移動して、戸口から街路に出る。

ほっとして息をついた。

だが、すぐに悪態をつく。

街路の中央にほぼ人間大のヒューマノイドの姿があったのだ。色鮮やかなプラスティック製の仮面をつけ、両手で引き綱を握っている。それだけならそれほど警戒しなかったのだが、引き綱には動物がつながれていた。ヨロイサイに似ていて、大きさは老いたゾウウシほど。それが楽しげに跳ねまわっている。まるで戦闘獣のようだ。

仮面をつけた男はダヴに気づいたようだった。かれのほうに向きなおり、怪物を引き綱から解きはなったのだ……

＊

オクストーン人は単純な方法で獣を出し抜けるという幻想などいだかなかった。ハンザ・スペシャリストとして訓練を受けた分野はおもに宇宙経済学、方法論的文明理論、応用気質学などだが、戦略策定や戦術論も学んでいる。おかげである程度まで、暴力と対峙（たいじ）したときのチャンスの評価もできるようになっていた。

巨大サイを振りきれないことは一瞬で見ぬいた。まっすぐ突っこんでいって直前でよけても、横っ跳びに逃げてもだめだ。相手はヒョウの動きをする蒸気機関車のようなもので、すばやすぎるし、力も強すぎる。しかもダヴには武器がなく、体力も過信はできない。のこされた道はひとつしかなかった。

まわれ右して、全力で駆けだす。

走って逃げきれると思ったわけではない。そんなことを考えていたなら、現実を思い知らされることになっただろう。かれは感覚を研ぎ澄まし、瓦礫のなかを駆け抜けた。わずかでも猶予を先のばししようと、全速力を出す。猶予がほんのわずかしかないことはすぐにわかった。巨大サイは装甲シフトのように、壁を突き破りながらじりじりと接近してきている。

その場所の重力は……どこもたいていそうだが……惑星オクストーンにくらべるとちいさかった。環境適応人であるスタリオン・ダヴは、有利な環境に即座に自身を適応させることができ、そのために装置類を使う必要もない。だが、力が弱まっているのは感じていた。このところ肉体に限界ぎりぎりの負荷がかかる状態が長くつづいていて、余力がのこっていないのだ。

頸筋に感じた獣の焼けるような吐息から、相手も極端な世界に適応しているのがわかる。そのとき、探しもとめていたものが見つかった。半壊した建物の残骸だ。壁の一面が崩れた部屋のなかに、鋼ベトン製の階段がのびているのが見える。

ダヴは躊躇（ちゅうちょ）なくそこに跳びうつった。衝撃でぐらぐらと揺れる階段を即座に駆けあがる。

一瞬遅れて巨大サイがすこし下に着地した。埃と漆喰（しっくい）と石材の破片が四方に飛び散る。大地震に襲われたようにはげしく揺れる階段を、ダヴは急いであがっていった。

ついに避けられない事態が生じた。階段の揺れがいっそうひどくなる。かれはバランスを崩した。階段か床の上に着地することを祈って飛びおりるしかない。

なんとかうまくいった。

だが、腹這いになって息をあえがせているとき、目のすみに階段から飛びおりようとしている巨獣の姿が見えた。着地地点はかれの背中の上になりそうだ。

ダヴは文字どおり最後の力を振り絞り、隣室に通じる戸口へと這い進んだ。カタツムリほどの速度しか出ない。次の瞬間には巨体に押しつぶされることを覚悟する。

上体が隣室に這いこんだとき、巨大サイが背後に迫ってきた。オクストーン人がうめきながらからだを押し入れた瞬間、背後の部屋の床が陥没した。怪物は下の階の床にぶつかり……その重みで床を突き破った。

床が壊れる音が何度もつづき、ダヴはそのたびに縮みあがった。音と音の間隔は徐々にちいさくなり、最後の音がしたあと、あたりは不気味にしずまり返った。数秒後、階段が崩壊し、轟音(ごうおん)とともに瓦礫に埋もれた怪物の残骸の上に降り注いだ。

ダヴは隣室の奥まで這い進み、壁にぶつかり、なんとか立ちあがろうとした。だが、どうしても立ちあがれず、怒りと不満の涙があふれる。とうとうあきらめた。力を完全に使いはたし、目の前が暗くなる。かれは床にぐったりと横たわった。

3

「わたしの計画をどう思います？」中背のテラナーとしか見えない男がたずねた。ぼさぼさの髪に、薄汚れたモーニング・ガウンを細い肩から引っかけている。

1＝1＝ヘルムはそれまでの輝くらせんから、赤く燃える目をした巨大コウモリに姿を変え、

「手はじめとしては悪くない、アインシュタイン」と、答えた。「ただ、興味があるのは、あの銀河系住民の生存能力の質だけではない。かれの戦闘力や殺傷力を知りたいのだ」

まったく異なる外見の両者は、孵化基地の鏡面球体のなかに、片方はすわり、片方はぶらさがっていた。そこからはエレメントの十戒の遺伝子工学センターのほぼ全領域が観察できる。だが、基地の外のようすはほとんどなにもわからなかった。孵化基地はどんな空間にも時空連続体にも属さないから。基地は昏睡状態にある怪物の意識の、六次元エネルギー定数の内部に存在するのだ。

いま、孵化基地の指揮官とその創造物が眺めているのは、スタリオン・ダヴが意識をとりもどし、よろよろと立ちあがる場面だった。

「まだやれそうですね」アルバート・アインシュタインはおや指とひとさし指で鼻梁を揉んだ。「被験者には、生きるか死ぬかの事態だと認識してもらいたいもの。ところで、どうしてわたしをアインシュタインと命名したんです?」

「おまえがわたしにとってアインシュタインだからだ。直観に導かれた存在ということ。願わくは想像力を充分に働かせ、被験者が示唆に富んだ戦闘経験を積めるよう、さまざまな工夫を考案してもらいたい」

「つまり、アインシュタインは実在するのですか? テラナーなので?」

「遠い昔に死んでいる」1=1=ヘルムがおもしろがるようにいった。「わたしはかれのÜBSEF定数を部分的に合成し、おまえのパラメカ性意識に植えつけた。おまえの言動はわたしにとって、きわめて示唆に富んでいる。なぜなら、おまえは基本的にはテラナーだから」

「考えさせられますね」と、アインシュタイン。

「考えなくていい。行動しろ」孵化基地の指揮官がいった。「十戒はあらたなエレメントを必要としている。それをわたしが用意すれば、わが星はエレメントの支配者にならぶほど高く昇り、カッツェンカットの星は沈むだろう。オクストーン人を戦わせるのだ！」

「戦わせますとも」アインシュタインは断言した。「そろそろいい時期でしょう」

かれはふと顔をあげ、耳を澄ました。

「なにか聞こえた気がします。下意識が感じたようです」

1＝1＝ヘルムも耳を澄ました。ただ、かれは鏡面球体の技術を利用した。球体の精神回路が思考命令に反応する。

かれは瞬時に数百の、原物質でできた半透明の泡を同時にのぞいていた。巨大なブドウの房のような泡のなかで、空間エレメントと戦争エレメントが生産されている。一方、基地の外のようすは、さまざまな印象が渦巻くカオスだ。抽象的なシンボルに変換されたそれは、完成されたサイボーグたちが宇宙巨人の思考を目で見るためのもの。宇宙巨人の上位意識のなかに、孵化基地は設置されていた。

この眺めを見て1＝1＝ヘルムは、自分の持つ力が呼びさまされ高揚するのを意識して楽しんだ。宇宙巨人は眠っている。かつて巨人はおのれの進化を夢みていた。みずからが創造主の役割をはたせると信じて。だが、混沌の勢力がかれを見いだし、その宇宙的な夢に手をくわえ、はじまりも終わりもないまま無限につづく悪夢に変えたのだ。

悪夢に囚（とら）われた宇宙巨人は、かれの心に巣食ってその保護をむさぼっている寄生物に気づいていない……かれを堕落させているものに。

1＝1＝ヘルムは抽象的なシンボルをしばらく見つめるうち、おのれの被造物が見つけたものにようやく気づいた。それまで一様だった宇宙的な夢に不規則性が生じている。宇宙巨人のÜBSEF定数が、べつの種類のハイパーセクスタ＝モジュールのパラ放射に乱されているのだ。

なにか異質なものが巨人の意識内に存在している！

1＝1＝ヘルムはとまどった。ÜBSEF定数はこれまで、孵化基地の絶対確実なかくれ場として機能していた。空間的に存在しないため、どんなものも入りこむことができないから。ペドトランスファー能力を持った知性体も入ってこられないとわかっている。かれらは自分の意識を空間的に存在する対象の脳内に送りこみ、相手の意識を上書きするが、ÜBSEF定数内の非物質をペドポールにすることはできない。

それでも、宇宙的な夢に不規則性が生じたのは、なにかが宇宙巨人のÜBSEF定数に物理的に侵入したことをしめしていた。

警戒しなくてはならない。

1＝1＝ヘルムはこの件を処理することにした。

「オクストーン人の面倒はひとりで見てくれ」かれはアインシュタインに事情を説明し、そう要請した。

4

潜時艇は時間波の頂点にもどった。とりあえず、潜時エンジンの制御装置の表示によればそうなる。だが、探知スクリーンには物質雲の表層も、無限の彼方までそれをとりかこんでいるはずの銀河団の輝きも見あたらない。

かわりに、潜時艇の内部は刺すようなブルーの光に満ちていた。だれかが十のフライパンで目玉焼きをつくっているような音も聞こえた……もちろんベーコンもいっしょに炒めている。わたしは念のため、セラン防護服のヘルメットを閉じた。あの因業なペルウェラ・グローヴ・ゴールが気前よくも、生きのびるための装備を惜しみなく労働奴隷に提供してくれたことに、何度めかの感謝を捧げながら。

いうまでもなく、実際に労働奴隷だというわけではない。わたしは自由人である。その自由があまりにも貴重だったため、自由テラナー連盟市民というレッテルを貼られるのを拒否し、無国籍でいることを選択した。ただ、無国籍者にも生活はあるので、ペルウェラ・グローヴ・ゴールに雇われたのだ。

彼女はほかの女たちを出し抜いて男をかこいこむ方法を熟知していた。けちというわけではなく、物惜しみもしない。わたしは契約書にサインしたとき、これで気楽な採鉱作業の職を得たと信じこんだ。惑星の座標を指定され、軌道上から高性能装置で特定の鉱物を探査するだけでいいのだと。定期的に休暇があり、基本給のいい仕事だ。歩合給はさらにいい。

実際、基本給と歩合給は予想どおりだった。ただ、仕事は気楽な採鉱作業どころではなかった。多かれすくなかれ冒険好きな連中十数名との七週間にわたる訓練期間のあと、わたしは監視役兼パートナーとしてヒルダをつけられ、潜時艇で母船から送りだされた。仕事は、ある特定の五次元構造体を〝漁獲〟し、ハイパーエネルギー性抽出物に加工すること。それをペルウェラの母船で精製してプシオン性転送物質にするそうだ。なんのことだかわからないが。

とにかく違法行為ではない。五次元構造体はある意味では生き物で、知性さえあるかもしれないが、意識的に思考する知性体とはみなされない。ÜBSEF定数を持たないからだ。そうでなければプシ・ブリンカーでとらえたりはできないだろう。ペルウェラが漁場を銀河系外に定めているのには理由があった。銀河系では〝アストラル漁師〟などという職業は知られていない。知られたら、すぐさま何百という組織が手をあげて発言をもとめ、この仕事を禁止するようもとめるだろう。歴史の初期にミミズやミジンコの採取や、生きたカニを料理したりたたいたりすることが禁止されたように……そうはならないかもしれないが。

こうしたことが瞬間的に脳裏に浮かび、そのあいだもわたしは、ずっと追ってきたプシ・ブリンカーを探知機で探しつづけた。

希望はなさそうだった。潜時艇は明らかに、上位次元エネルギーの渦に翻弄されている。渦は短い間隔で生起と消滅をくりかえしているようだ。やがて潜時艇は底知れぬ深みにもぐるが、その状態は長くはつづかない。深みから巨大な輝くシンボルが定期的に出現してくる。シンボルは印象的であると同時に理解不能だった。それが潜時艇にぶつかっては消滅し、艇はそのたびに渦の上に押しもどされるのだ。

「だまされてはいけません、モジャ！」ヒルダが警告した。「変化する周囲の現象についてさまざまな仮説をたて、蓋然性を計算しました。それによると、いちばんありそうなのは、いろいろな現象はすべて同じ事態がくりかえされて生じているということです」

「わたしのおろかな生体脳でも、それくらいわかるさ」わたしは憤然といいかえした。「最大の問題は、この狂った現象をもたらしている事態っていうのがなんなのかってことだ。わたしの印象だと、われわれ、釣る側から釣られる側になっているんじゃないかと思うんだが」

「あなたは五次元構造体じゃないでしょう」と、ポジトロニクス。

「ここの狩人がわれわれと同じく五次元構造体で満足するなんて、どうしてわかる？

狙いはÜBSEF定数かもしれない」

「それは倫理にもとります、モジャ」

わたしはにやりとした。

「いつもそれだな、愛するヒルダ。牛が肉を食べたら倫理にもとるだろうが、ライオンだったらごく自然な、きわめて倫理的なことだ」

「わたしが牛だというのですか？」

「とんでもない。でも、生物学的に考えようじゃないか。いまのわれわれは鳥の羽毛の上にいるダニみたいなものだ。当然、鳥はダニが気にいらないが……ダニのほうは鳥の胃のなかに入るのが気にいらないだろう。そう考えると、われわれは平和の使者だという信号を発する必要がある」

「シンボル通信で？」と、ヒルダ。

「そのとおり。未知の狩人に白旗をかかげ、グリーンのシュロの枝を捧げ、ゴールドの平和宣言を送るんだ。五分以内に解放されなかったら、パラトロン・バリアを張って重力爆弾を発射する」

「この環境下では壊滅的な影響があります」

「それでこそ、必要な敬意を獲得して、狩人を交渉に引っ張りだせる。相手がほんとうにÜBSEF定数を狩ってるんだとしたら、かなりの数の五次元構造体がついでに発生するはず。狩人はそれらに用などないだろうが、われわれにとっては新しい供給源になるかもしれない。商売は商売さ」

「商売の見返りになにをさしだすのですか？」

わたしは片手を振った。

「なにか思いつくだろう。それはあとで考えるとして……とにかく、こちらの平和的な意図を知らせるんだ！」

「偽善者ですね！」と、ポジトロニクス。その声には軽蔑が感じられた。

だが、わたしは気にしない。ヒルダが本気ではないとわかっているから。結局、彼女はわたしの作業を、ひいてはペルウェラの事業を支援するための存在なのだ。

ヒルダがこちらの平和的な意図を送信するあいだに、わたしはパラトロン・バリア・プロジェクターと重力爆弾の発射装置をチェックした。

平和のシンボルを送信してから五分が過ぎてもなんの反応もなかったが、べつに失望はしなかった。相手は反応できない状態にあるか……こちらの存在にまだまったく気づいてないのだろう。

パラトロン・バリアを作動させ、重力爆弾を発射装置から連射する。それに対しても直接の反応はなかったが、突然、衝撃音が響き……数秒後、気がつくと、わたしは潜時艇の残骸のなかにいた。艇は鋼のような平地に墜落していた。

「全壊です」と、ヒルダ。「どう思います、モジャ？」

「潜時艇はわたしの私物じゃない」と、弱々しくいいかえす。

そのあとはなにもいえなかった。五次元構造体の波が四方からわたしの意識に向かって押しよせ、窒息しそうになる。

はげしく脈動する透明なチューブのなかを通って、光のあらゆるスペクトルに輝く球体のなかに吸いこまれるのを感じたかと思うと、嵐のなかの蠟燭（ろうそく）の炎のように、全感覚が消え去った……

5

スタリオン・ダヴは甲高い悲鳴をあげて悪夢から目ざめた。目ざめたことに気づくと、自分が意識を失った部屋のすみに向かって這い進んだ。巨大サイを探して周囲を見まわす。

重力が大きくなっていることに気づき、とまどってかぶりを振った。もちろん、かれの肉体の代謝はすぐさまそれに適応する。問題はない。むしろ問題は、なぜある場所では一Gだった重力が、次の瞬間には四・八Gになったのかという点だった。

ダヴははっとした。

四・八Gは惑星オクストーンの重力だ！　なぜここの重力が、この場所で、急にかれの故郷惑星と同じになったのか？

この場所で？

そこがもう意識を失った、あの半壊した家屋のなかではないことに気づき、悪態をつく。二名のキュクロプスに追われ、そのあと巨大サイに襲われて命からがら逃げまわった瓦礫の野はどこにも見あたらない。

　残骸ひとつ存在しなかった。

　そこにあるのはべつのもので……ダヴはそれがなんなのかに気づき、思わず笑い声をあげた。

　かれは直径五百メートルくらいの濃いグレイの岩の露頭にすわり、どの方角にも地平線までつづく、虹のあらゆる色にきらめく沼地を見おろしていた。鉛色の空の一角に、血のように赤い斑点が見える。くぐもった咆哮が聞こえて、かれの横に黒っぽい、背中のまるい動物が数体あらわれた。マムスだ。

　それはプレセペ星団の中心にある巨大赤色恒星イレマの第八惑星、オクストーンの風景だったが……ダヴは即座に、自分がオクストーンにいるわけではないことを悟った。

　多目的アームバンドが表示する摂氏二十五度という気温のせいではない。オクストーンでは気温は摂氏百度から零下百二十度のあいだで上下するが、その合間にはごく短期間、地球くらいの条件になることもある。これに対して、テラの八倍に達する大気圧は大きく変化することなどない。

　だが、いまいる場所の気圧はテラとほぼ同じだ！

　だれかがかれをだまして、オクストーンにいると思わせたがっている。

　ダヴは状況を精査し、さしせまった命の危険はないと判断すると、おちついて事態を見きわめにかかった。

明らかに十戒に支配された二百の太陽の星から、かれは最後の瞬間にペド転送機でここにきた。ただ、それは自分から転送機に飛びこんだのではなく、破壊しようと近づいて、吸いこまれたのだった。

どうしてそんなことになったのかと考える。かれの知るかぎり、十戒の勢力は基地世界に出入りするのにペド転送機を使用する。基地世界に入るための唯一の手段なのかもしれない。だとしたら、資格のない者にはペド転送機を使えないようにするのではないか？

当然だ！　ダヴは結論に達した。

わたしは有資格者ではないが、排除対象でもないということ！　かれは苦々しげに思いだした。二百の太陽の星における自分の抵抗運動を、十戒が恥知らずにも利用したことを。

だれかがわたしをここに連れてきたのだ！　オクストーン人はそう考えた。最初は監視役の数名が、指揮官の計画をよく知らされないまま、わたしを殺そうとしたのだろう。指揮官がそれに気づいて攻撃をやめさせ、償いとして故郷世界の環境を、せめてできるかぎり再現したのかもしれない。

轟音が聞こえ、かれは跳びあがった。聞きおぼえのある音だが、どこから聞こえてくるのか、しばらくはわからなかった。

それはスーパーカメの発する音だった。惑星オクストーンの極端な環境にも耐えられる探検車輛で、無限軌道車〝カメ〟の後継機だ。

轟音は徐々に大きくなり、やがて沼地を突っ切って走るスーパーカメの無限軌道が泥を跳ねとばしてつくる航跡が見えるようになった。五メートルもある水しぶきで、ここの気圧がオクストーンよりもかなり低いことがわかる。本来ならせいぜい半メートルにしかならないだろう。

ダヴはマムスのことを思いだし、顔をしかめて振り返った。動物はいなくなっていた。たぶんプロジェクションだったのだろう。

五百メートルほどはなれたあたりで、スーパーカメは沼地から一メートルほどの高さの岩の露頭に上陸した。そのままごとごとと前進してくる。

かれはそれもプロジェクションではないかと思った。オクストーンのスーパーカメよりも車高があり、上に旋回砲塔が見えたから。本来のスーパーカメの最上部には指ほどの厚さのハッチしかない。

思わず腰のブラスターに手を伸ばし……思いだした。不発弾だか時限信管つき爆弾だかの爆発のさい、武器をなくしてしまったのだ。

かれは神経質に足を踏みかえた。

スーパーカメはまっすぐに接近してくる。

ダヴは状況判断を誤ったのではないかと考えた。

残忍なゲームに巻きこまれ、結局は殺されてしまうのではないか。

スーパーカメが無限軌道をきしませて速度を落とすと、かれはわずかにわきによった。車輌はすこし滑って、百メートルほどはなれたところに停止した。

「殺すのだ……さもないと、殺されるぞ」背後から声が聞こえた。政治家が人々に増税の必要性を訴えるような声だった。

ダヴは振り返り……殴られたような衝撃を受けた。そこにあるのは明らかに、教育を受けた知性体ならだれでも知っているテラナーの顔だったから。大昔に死んだ人物ではあるが。

白い髪、アザラシのような髭、肉厚の鼻、どこかいたずらっぽくまばたきする目。

「アルバート・アインシュタイン！」ダヴは驚愕して、「いったいなぜ、ここに？」

「まったくの偶然でね」アインシュタインはそういって、両手でコンビ銃をさしだした。「この武器をとって、自分の命をせいぜい高く売りつけることだ！」

ダヴは一歩後退し、不快そうに武器を見つめた。

「知性体を殺すのは倫理にもとる」

「わたしにいってもしかたないだろう」と、アインシュタイン。「きみの命など、わたしにはどうでもいい。きみがこの武器を使おうが使うまいが、宇宙は変わらない」

かれはコンビ銃を投げわたし……ダヴは反射的に受けとった。

「だが、どうしてアインシュタインがここにいるんだ?」と、叫ぶようにたずねる。

「二千年前に死んだはずだが」

「死もまた相対的なものだ」科学者は片手を振って岩の露頭から立ち去った。

ダヴは信じられないというように顔をしかめた。アインシュタインの姿がかき消すように見えなくなったのだ。だが、かれにはわかっていた。アインシュタインは角を曲がって姿を消しただけだ。その〝角〟は完全に透明で、光学的に認識できないが、たしかに存在する。かれにはそれがはっきりとわかった。

無限軌道車の轟音でわれに返り、武器を手にしたまま振り向いて……即座に地面に身を投げる。ロケット砲架がスーパーカメの砲塔から迫りあがるのが見えたのだ。

次の瞬間、多連装ロケット砲が火を噴いた。轟音と風切り音とともにロケット弾が飛来し、ダヴの周囲に着弾する。それらは岩の露頭に衝突し、爆発した。岩がかたいので、めりこんだりすることはない。白熱した無数の金属片がオクストーン人の背に降り注いだ。

着弾地点の中央にいなければ助からなかった。爆発の周囲にいたら、無数の破片に貫かれていたはず。とはいえ、中央にいて助かったのは、ひとえにかれがオクストーン人だからだ。そうでなければ爆風で死んでいただろう。

最後の爆発がおさまるのを待ち、コンビ銃をスーパーカメに向けた。五十メートルほどまで接近してきて、明らかにかれを轢こうとしている。インパルス銃に切り替え、左の履帯に向けて発射。

履帯の一部が溶け、のこりが音をたてて飛散した。スーパーカメがスピンし、停止する。最初の斉射のあと砲塔内に引っこんでいたロケット砲架がふたたび迫りあがってきた。再装塡されたようだ。

指ほどの太さのインパルス・ビームがいちばん下にならんだロケット弾の弾頭を薙いだ。弾頭が轟音とともに次々と爆発。その上の列のロケット弾も誘爆する。推進剤にもランダムに火が入り、砲塔が溶け落ちた。

ダヴは跳躍し、二十メートルほど左に走って、ふたたび身をひそめた。だが、位置を変える必要はなかったようだ。スーパーカメは動かない。上にのぼって砲塔からなかをのぞくと、腰から上が溶けたロボットが操縦装置の前にすわっていた。

「よくやった、スタリオン！」聞きおぼえのある声がいった。

オクストーン人は振り返り……そこにいる〝アルバート・アインシュタイン〟の姿に躊躇していなければ、そのまま発砲していただろう。目の前にいるのがほんもののアインシュタインではなく、一種のプロジェクションだというのはわかっていたが。

「なるほど、これで孵化基地の指揮官の意図がわかった」と、アインシュタイン。「どういう意味だ？」ダヴが疑わしげにたずねる。

「敬意だな」アインシュタインがひとりごとのようにいう。「伝説的人物への敬意があれば、つねにコンタクト相手を更新するわずらわしさがなくなるのだ」

「あんたはほんもののアインシュタインではない」ダヴがためらうように、「つまり……プロジェクションなのか？」

「プロジェクションではない。もしそうなら、時空すら観念を形状化したものになる。その観念は、われわれのいだくイメージが色やかたちや大きさといったものと切りはなせないのと同じく、意識から切りはなすことのできないものだが」

「ご託はいい！」ダヴが侮蔑的にいう。「要点をいえ！　あれは試験だったはず。わたしは合格したのか、不合格だったのか？」

「合格だ」と、アインシュタイン。「だが、いまのははじまりにすぎない。孵化基地の指揮官はきみの体細胞を採取し、クローン培養して、きみのドッペルゲンガーをつくる気でいる」

ダヴは驚くとともに、なぜかやや失望した。

「なんのために？」

「オリジナル以上のコピイにしたいのだ。そのためにはクローンを遺伝子操作して、くりかえし改良しなくてはならない」

「よくわからないな」と、オクストーン人。「クローンを改良するというが、オリジナルの性質とどう違うのかわからないのに、どうやって改良するんだ？　遺伝子コードの解析では違いは判別できない。それとも、できるようになったのか？」

「なっていない」アインシュタインが答える。「だが、その必要はないんだ、スタリオン。きみをクローンと何度も戦わせ、弱点を探りだして、遺伝子操作で穴をふさぐ。それをくりかえせば、完璧な〝戦闘エレメント〟ができあがる」

「不快だな。やる気はない」と、ダヴ。

「きみに選択権はない。三度の試験の結果……きみは三度とも、きわめて強い自己保存本能を発揮した。生きるか死ぬかの決断に直面すれば、いやでもやることになるだろう」

　ダヴは怒りのこもった笑い声をあげた。

「それなら、いまここで戦うまでだ」

コンビ銃をあげ、孵化基地の指揮官の手先を撃とうとする。

だが、その直前にアインシュタインの姿は消え……ダヴの上で黒い大波が崩れた。それはかれの意識を突破不能な闇でつつみこんだ……

＊

意識がもどると、周囲の環境はまた変化していた。

最初に見えたのはかすかにきらめく頭上の透明な曲面だった。その内側は完全な闇だ。光といえば、曲面の向こうに見える鬼火のような明かりだけだった。

次に、かれは自分が細長いプラットフォームの上に横たわっていることに気づいた。カーブする曲面にかこまれた深淵のなか、無重力状態で浮かんでいる。反重力プラットフォームだ。

ただ、それは一点に静止しているのではなく、球状のエネルギー泡のなかを動きまわっていた。すぐに気づかなかったのは、球体があまりにも大きかったからだ。すくなくとも十キロメートルの範囲をおおっている。

ダヴは左腕をあげ、多目的アームバンドの表示を見た。気圧と気温はGAVÖK所属の宇宙船内と同じ、標準の数値になっている。だが、気になることもあった。

意識を失う直前、最後に表示を見たときは、NGZ四二七年九月五日だった。それがいまはNGZ四二七年九月二十一日になっている。

十六日ぶんの記憶が欠落しているのだ。

身長四メートルほどのロボットが反重力プラットフォームを押していた。マシンはグリーンとキャンディピンクの縞模様の棒なしアイスキャンディのようなかたちで、腕も脚もなく、反重力クッションで浮かんでプラットフォームをうしろから押している。幅一・五メートル、厚さ二十センチメートルほど。上のほう三分の一くらいのところで、二本のセンサー帯が水平に周囲をとりまいている。前面に見えるセンサー帯の幅は三十センチメートルくらいだ。たぶんうしろも同じだろう。

「何者だ？」ダヴがたずねる。

「2＝7＝マウクです」ロボットの返事は驚くほど滑らかな合成音声だった。声はセンサー帯のあいだの、おや指の爪サイズのスピーカーから聞こえた。

「では、技術エレメントなのか？」オクストーン人が驚いてたずねる。

「アニン・アンです」

「ふむ！　おまえはアニン・アン、技術エレメントの一体ということか」

それは確認であって質問ではなかったため、ロボットはなにも答えなかった。

「ここはどこだ？」と、ダヴ。

「孵化基地です」2＝7＝マウクが答えた。「エレメントの十戒の基地のひとつです」

「十戒の基地だろうとは思っていた」ロボットがすなおに情報を提供することに驚きを感じる。「孵化基地という名称もアルバート・アインシュタインから聞いている。かれは孵化基地の指揮官にも言及していたが、それはだれだ？」

「1＝1＝ヘルムです」

「1＝1＝ヘルム」ダヴはくりかえした。「序列があるのはわかる。だが、〝ヘルム〟はどういう意味だ？」にやりとしてつけくわえる。「ヘルメットみたいなかたちをしてるわけではないだろう？」

「質問の意味がわかりません」と、2＝7＝マウク。

「たいしたことじゃない。それよりも、わたしはこの十六日間どこにいて、なにをされたのかが知りたい」

しばらく待ったがロボットがなにもいわないので、かれは重ねてたずねた。

「どうして答えない？」

「質問の意味がわかりません」

「なにをいう！」ダヴはかっとなった。「ごまかそうとするなら、ばらばらに切り刻むぞ！」

かれは自分の攻撃的な言葉に面食らったが、すぐに笑みを浮かべた。なにかが心のなかにささやきかけてきたのだ。

〈よろこべ、種馬スタリオン。戦士は攻撃的であるべきで、きみは戦士なのだ。これからは戦争がきみの生きる要素だ〉

そのときようやく、オクストーン人は仲間を得たことを悟った。左肩に乗った銀色の

〝カニ〟を見て、共謀者に対するように目配せする。

「やあ、わが名づけ親！　だが、種馬呼ばわりはやめてもらいたい。同じスタリオンでも、わたしのつづりはLがふたつではなく、ひとつだ」

戦争エレメントが乗ってこないので、かれはロボットに向きなおった。

「さて、話を蒸し返すようだが、この十六日間、わたしはどこにいて、なにをされたのだ？」

「当該期間中、あなたは孵化基地にいました」2＝7＝マウクが答えた。「第二の質問には答えられません。その説明は1＝1＝ヘルムがするでしょう」

「それで、そのヘルメット野郎はどこにいるんだ？」そういいながら、ロボットにはこのいい方は通じないだろうと思い、急いでつけくわえる。「つまり、1＝1＝ヘルムのことだが」

「孵化基地です」と、2＝7＝マウク。

オクストーン人は内心かっとなったが、それを表には出さなかった。手もとに武器がないことはもうわかっている。巨大なアニン・アンには冷静に対応しなくては。戦争エレメントからも下意識に働きかけがあり、攻撃性は十戒の仲間にではなく、1＝1＝ヘルムの指示でおもむく戦場で出会う外部の敵に向けるよう忠告される。

かれはすべて問題ないと思った。ときどき、なにかがおかしいというぼんやりした違和感をおぼえたが、ほんの一瞬で消えてしまう。

怒りがおさまると、ほかにアニン・アンにたずねることはあるだろうかと考えた。なにも思いつかない。プラットフォームはそれまで漂っていたエネルギー泡から、トンネルのようなもののなかに移動していた。

それから数分、ダヴはパニックと戦うのに忙しかった。それは、かれの意識に架空の牙を食いこませてくる……脈動するトンネル壁の向こうから襲ってくる荒々しく不気味な印象が巻き起こす、名状しがたいカオスの産物だ。

2＝7＝マウクがプラットフォームを次のエネルギー泡に押しこむと、かれはまたしても戦慄をおぼえた。どこか前方からふたつの声が聞こえてくる。最初は聞き流していたが、意識して耳をかたむけると、たちまち注意を引かれた。

「……二百の太陽の星の戦力を引きあげ、アンドロ・ベータでのカッツェンカットの敗北を補いますか？」

アルバート・アインシュタインだ！

「その必要はない」もうひとつの声が答える。アインシュタインと同じく洗練された口調だが、そこにはどんな感情も感じられなかった。「カッツェンカットがミロナ・テティンのデュプロとムリルの武器商人をあんなばかげたやり方で使わなかったら、アンドロ・ベータはいまごろ、二百の太陽の星のように反クロノフォシルになっていたはず」

ダヴはなんとか話し手を見ようとしたが、2＝7＝マウクがかれを押しこんだエネルギー泡は明るいグレイの靄におおわれていて、ほとんどなにも見えなかった。

「ですが、カッツェンカットが使えるものをすべて使っても、敵に必要な圧力をかけることはできませんでした」アインシュタインの声だ。「事実上、結果は決まっていたということ。それでも最悪の事態を避けることは……」

「それは違う！」もうひとつの声がいった。「わたしの任務は無能な指揮エレメントを支援して、その地位に長居させることではない。べつの計画があるのだ」

声はそこでとだえたが、まだなにかいいたそうだという印象をダヴは受けた。そのとき、声の主の姿が見えた。

驚いたことに、それは長さ八十センチメートル、直径十五センチメートルのシリンダーだった。表面は金属的で、滑らかで、色は銀色がかったブルー。まるくなった両端はゴールドに輝いている。シリンダーはダヴが知っている〝アルバート・アインシュタイン〟の隣りで空中に浮遊していた。その横には、かれのよりもずっと大きい反重力プラットフォームが見えた。円形で、直径は五十メートルほど、色は黄色だ。

「もっとこっちにこい、スタリオン・ダヴ！」感情のない声がいった。

2＝7＝マウクがオクストーン人を大型プラットフォームのそばに押しやる。ダヴは乗りうつり、ためらいがちにアインシュタインとシリンダー生物に近づいた。

「1＝1＝ヘルムか？」二メートルはなれたところからそうたずねる。

「そのとおりだ」シリンダーが答えた。

声はシリンダーからではなく、全方位から同時に、同じように聞こえてきた。どうやら発声メカニズムはボディに統合されておらず、外部に存在する通信装置を使って、通信フィールドを介して会話するようになっているらしい。

「なんなりと命令を」と、オクストーン人。

1＝1＝ヘルムが自分を計画にどう利用しようとしているか、十六日前にアインシュタインから聞いたことはおぼえている。だが、そのときどれほど憤慨したかはおぼえていなかった。

とはいえ、同じことだ。

かれはもう自由意志を失い、戦争エレメントに操られているのだから。

＊

まるで自分自身と対面しているかのようだった。

相手はスタリオン・ダヴと同じく、身長一・七メートルほど。オクストーン人の成人としてはかなり小柄だ。油を塗ったような明褐色の肌に禿頭(とくとう)、奥に引っこんだ目をしている。目の上には黒い剛毛の生えた張り出しがあった。

〈あれが敵だ!〉戦争エレメントがかれの意識にささやく。

ダヴの手がデトネーターの握りにかかる。1＝1＝ヘルムから支給された、セラン防護服をはじめとする装備のひとつだ。

相手も同じものを装備している。オクストーン人は奇妙な感覚にとらわれた。相手が自分の体細胞からつくられたクローンだとすると、わたしを父親だと思うのではないか? より正確には、両親だと?

ダヴは固唾をのんだ。

「あれはわたしの息子では?」と、口ごもりながらいう。

「心配するな!」1＝1＝ヘルムの声が閉じたヘルメットのなかに響いた。「ドッペルゲンガーは原物質から培養され、きみの体細胞のサンプルから抽出したDNAコードを使ってプログラミングしてあるだけだ」

「でも、自意識があるようだが」ダヴが反論する。

「人工的な、パラメカ性の意識だ」と、孵化基地の指揮官。「基本的に、ドッペルゲンガーはきみのDNAコードを設計図にしてつくられた有機ロボットにすぎない。では、戦闘開始!」

相手も聞いていたらしく、ただちに反応する。大きく右に跳躍し、ぽっかり口を開いた、壊れた窓のなかに飛びこむ。周囲の風景はまたしても瓦礫だらけになっていた。1

＝1＝ヘルムによると、これも孵化基地の原物質からつくりだされたものだという。

〈ためらったな!〉戦争エレメントが腹だたしげにいう。

だが、ダヴもべつの窓の残骸のなかに飛びこんでいた。熱線が窓の向こうから発射され、頭上をかすめる。熱が感じられたと思うくらい近くだった。もちろん、現実にはありえない。熱を感じたとしたら熱線がセランを焼いたはずで……その場合、かれは丸焼きにされている。

〈殺せ!〉と、戦争エレメント。

ダヴは特殊なインパルスを受け、それ以外のことなど考えられなくなっていた。肩の上のエレメントのせいで、戦って殺すことしか頭にない。倫理や道徳といったものは吹っ飛んでしまっていた。唯一の懸念は相手が自分の息子かもしれないという恐怖だったが、1＝1＝ヘルムの説明でその心配もなくなった。

ダヴはデトネーターを手に、飛びこんだ窓の残骸の近くに這いもどった。相手はこの動きを予測していないはず。どんな戦略教本にも反しているから。

思ったとおり、相手もデトネーターを使ってきた。かれの左右で瓦礫が崩壊する。のこるはダヴがいる場所だけだ。ややあって、敵が窓の穴を跳びこえてきた。ダヴはそのすぐ下でうずくまっている。相手は地面に足がつく前に死んでいた。

顔をしかめて立ちあがる。戦闘があまりにあっけなく終わったので、失望に近いものを感じていた。実際、戦闘と呼べるほどのものではなかった。

「気を抜くのは早いぞ、スタリオン」アインシュタインの声が頭の上の通信端末から聞こえてきた。「ドッペルゲンガーは進化する……次がもう準備をはじめている。きみは一度しか死なないことを忘れるな！」

「だれだって一度しか死なない！」ダヴはいらだたしげにつぶやき、顔の前にセランのコンピュータ・システムが表示したデータをチェックした。「今回、相手は跳躍した。軽率だったな」

コンピュータ・システムに小型ロケットの標的を探知させ、照準を合わせるよう指示する。デトネーターをコンピ銃に交換し、単発ロケット弾に設定。コンピュータが標的を発見したと信号を送ってきた。レーザーと通信装置の支援で小型ロケットを標的に撃ちこむ準備ができたということ。指ほどの長さの小型ロケットをひとつ作動させる。

次の瞬間、ヘルメット内が暗くなり、セランのコンピュータ音声が聞こえた。

「警告、敵がエレクトロン防壁を構築しました！　一時的に探知できなくなっています。パラトロン・バリアを展開します」

その声がまだ終わらないうちに、ダヴはセランのグラヴォ・パックを作動させ、スタートした。背後で敵が発射した砲弾が爆発し、かれがいた場所を破壊する。同時にパラトロン・バリアが展開。機敏に反応していなかったら、手遅れになっていただろう。

「コンピュータ!」ダヴは叱りつけるようにいい、瓦礫のあいだをジグザグに飛翔した。コンピュータのせいにするのが間違いなのはわかっている。敵がセランの完全自動エレクトロン防壁を作動させたら、自分自身のコンピュータ・システムもふくめて、どんなシステムからも探知はできなくなる。頭部を強打されて意識の飛んだボクサーのようなもので、あとは下意識の反応にたよるしかない。セランによるさまざまな支援は受けられない……すくなくとも数分間は。

それでもダヴは勝利を確信していた。ハンザ・スペシャリストが受ける戦闘訓練は、USOスペシャリストの時代と同じく、苛酷で徹底したものだ。そのことを知っているのはかれら自身と、教官や上官たちだけだった。かつてのUSOと違い、宇宙ハンザは暴力などとは無縁の男女で構成されている。銀河文明の敵を殺すのではなく、平和的な手段で説得しようとする者たちだ。それでうまくいかないときは、策略によって相手を誘導しようとする。戦闘部隊の投入は最後の手段で、そこにいたるにはさまざまな制約があり、めったに起こることではない。ただ、いまのスタリオン・ダヴにとって、そうした制約はもはや意味がなかった。

かれは地面近くをジグザグに動いて、熱線と小型核ロケットの爆発で敵のセランの探知システムが麻痺するのを待ち、大きく弧を描いて千メートルほどの高さに上昇した。そこから銀色にきらめく点を探す。敵ははるか眼下の煙と溶けた瓦礫のあいだをうろついているはず。

敵はパラトロン・バリアを切っていた。そうすれば探知が可能になると思ったようだ。ダヴはそうならないことを知っている。敵が顔をあげて頭上を見ればかれの姿が見えたはずだが、そんなことは思いつかないらしい。

ダヴはやや申しわけない思いでデトネーターを発射。その後、右方向から降下してふたたび地面に接近した。第三の敵はすでにこの戦場に向かっているか、いまにも出発するところだろう。

アインシュタインか1＝1＝ヘルムからの連絡を待ったが、なにもいってこない。かれは立腹したが、その感情は急速に消え去った。次の銃撃戦を生きのびることに意識を集中する。こんどは追い詰められるつもりはなかった。

セランのコンピュータから、探知機とそのほかのシステムが復旧したと報告が入る。かれはほっとして、

「よし！　これで準備万端だ。ところで、通信を傍受される心配はないか？」

「ないとはいえません」と、コンピュータ。「通信を能動探知するには、高感度の盗聴放射を通すための構造亀裂が必要ですが」

「ふむ！」ふと、べつの考えがひらめいた。「コード・メンフクロウを作動しろ！」

「十字路の猫はグレイです」コンピュータが答える。この合言葉は、コード・メンフク

ロウが外部から〝壊して開けられ〟使用禁止になったことをしめしていた。それは同時に、コンピュータとセランがテラの産物で、孵化基地でつくられたコピイではないことを意味する。おそらく、どこかで奪われたものだろう。もちろん、コンピュータが1＝1＝ヘルムの意に沿うように〝改変〟され、かれに対する忠誠心は見せかけのものである可能性もあるが、ダヴはその可能性を排除した。ドッペルゲンガーをかんたんに勝たせたくないという点で、かれと1＝1＝ヘルムの目的は共通だから。

とはいえ、1＝1＝ヘルムがいくつか障害を設置して、こちらの能力を最大限に引きだそうとしているのは確実だ。

「だったら、マティーニにしよう」

ダヴは内心でにやりとした。1＝1＝ヘルムやアインシュタインは、コンピュータ・システムを精査したさい、なぜこのコードを探りだせなかったのか、不思議に思っているだろう。じつは〝マティーニ〟というコードは存在しない。それはあらたなコードを生成するキイワードなのだ。新しいコードも二、三時間で壊されて開けられるだろうが、それまでは義務をはたしてくれるはず。

「乾杯！」コンピュータが命令を確認する。

「1＝1＝ヘルムかアインシュタインが送ってきたさっきの敵は、わたしが小型ロケットを使おうとすると警告を受けていたのだろう。さもないと、あの反応の速さは説明がつかない」

「論理的だと思います」左耳に小声で返事が聞こえた。

会話が盗聴されていないことには確信があった。コンピュータは盗聴者に通常の音量の会話を聞かせ、かつコードを使用することで、解読にエネルギーをとられるようにしている。

「だから今回は予防して……もうすこし積極的に出たい。次の敵とだれかのあいだの通信を傍受して、位置を割りだすのだ！」

「やっていますが、いまのところ結果はネガティヴです。位置が判明した場合、なにをしますか？」

「小型ロケットを数発、発射する」と、ダヴ。

「敵の位置に向けてですか？」コンピュータがたずねる。

「そうではない！」ダヴはにやりとした。「同じことをくりかえすなど、想像力の欠如だ。当然、ロケットはべつの場所に撃ちこむ」

「わかりました」と、コンピュータ。「警告！　次の敵を探知しました。地下四十二メートルを平均時速四百キロメートルで移動していて、われわれが現在のコースと速度を維持した場合、二百メートル先で遭遇します」

「よし！」と、ダヴ。

今回の敵は古いパイプ軌道列車のシャフトを使って忍びよろうとしているらしい。1＝1＝ヘルムは現実的な〝ステージ設定〟を重視しているようだ。

「小型ロケットを敵の背後に撃ちこんでシャフトをつぶす」盗聴している者のことを考え、ちいさく笑う。「そうすれば爆風で急加速して、どこかに突っこむだろう」

「通信活動の位置を確定しました」コンピュータがささやいた。

ダヴはロケット弾に設定したままだったコンビ銃を三連射に変更し、ささやき返した。

「予定どおり標的を攻撃する！　よし、発射！」

「小型ロケットを発射しました」コンピュータが即座に報告する。「エレクトロン防壁を展開します」

「エレクトロン攻撃も実行しろ！」と、ダヴ。「敵の動きは？」

「地下四十二メートルは変わりませんが、後退しています」

ダヴは悪態をついた。敵が後退したのなら、欺瞞に引っかからなかったということ。ドッペルゲンガーはほんとうに進化しているようだ。だが、いまはまだ偶然の可能性も否定できない。1＝1＝ヘルムがこの短時間で前の戦闘のデータを評価し、あらたなコピイをつくりだしたとは考えにくい。とはいえ、いずれはもっとすぐれたドッペルゲンガーが出てくるだろう。ダヴは疑念をおぼえた。オリジナルを凌駕する個体が出現したら、孵化基地の指揮官は躊躇なくわたしを廃棄するのではないか。

かれ以上の戦士が出てくれれば、かれは殺されてしまうのだから。

ダヴは意識のかたすみで、そんな運命を回避する方法を考えはじめた。

もっとも、意識の大部分は目下の敵に集中している。円を描いて回避機動しながら、敵がいまの速度のまま後退すれば数分後に到達するはずのパイプ軌道列車のシャフト内の位置をコンピュータに計算させ、そこに向かっていく。

そのあいだも当然、ふたつのセランのコンピュータ・システムのあいだでは電子戦がつづいていた。ただ、最初にエレクトロン攻撃をしかけたダヴのほうが明らかに優位にたっている。相手はダヴの位置を確定することができなかった。オクストーン人はパイプ軌道列車のシャフトのなかにいくつか核融合チャージの痕跡を発見していた。どれもかれだったらきっとそこにいただろうという場所だ。

だが、そこでダヴの計画は最初の実を結んだ。

「小型ロケット三発はすべて標的に命中しました」コンピュータが報告する。「防御手段は、受動的なものも能動的なものも探知していません。かなりの損害をあたえたものと思います」

1＝1＝ヘルムが死んでいないといいが！　ダヴは罪の意識をおぼえた。心理的条件づけにより、孵化基地の指揮官を命令権者だと思いこんでいるから。

だが、それは杞憂だった。直後に1＝1＝ヘルムの感情のない声が通信装置から聞こえてきたのだ。

「孵化基地の技術装置にこれ以上の損害をあたえたら、懲罰の対象となることを指摘しておく。どのみち、きみはわたしを害することはできない。くわえて、わたしが活動を察知されるような場所に行くことはない。わたしはたんに超越的なアニン・アンであるだけでなく、ネガスフィアを訪れたことでいくつか新しい性質を獲得し、完全に無敵になっている」

「あなたを打ち負かそうなどとは思っていない」ダヴが従順に答える。「ただ、介入に気づいているといいたかっただけで」

「介入はしていない。いまの敵を倒したら、すこし長い休息をやろう。将来の敵はずっと強くなっているだろう」

ダヴはなにもいわなかった。だが、将来の敵が強くなるのに手を貸して、最後には自分が殺されることになるのはばかばかしいと思う。

とはいえ、どうしようもなかった。戦わなければもっと早く死ぬことになる。

怒りの発作のままに小型ロケットをパイプ軌道列車のシャフトに撃ちこみ、敵に正面から攻撃をかける。短いがはげしい戦闘が起き……がっかりしたことに、勝てたのは最初のエレクトロン攻撃で敵がほとんど盲目になっていたからだとわかった。

シャフトを出て瓦礫のあいだをさまよい、部分的に無傷な、古い地下ブンカーにたどり着く。かれはそこにもぐりこみ、現状を考察し、死なずにすむ方法を探しはじめた。戦争エレメントはかれを戦闘に駆りたて、疑念を抑制していたが、強烈な自己保存本能を消し去ることはできなかったのだ……

6

「かれは泥棒だな」1＝1＝ヘルムがいった。

「スタリオン・ダヴがですか？」アルバート・アインシュタインが驚いてたずねる。

「宇宙巨人の意識のなかに忍びこんだ者のことだ。いまは無力化し、それを一時的に増強基地のゼロ時間スフィアに閉じこめてある」

「それ？　さっきは〝かれ〟といっていたようですが」

「テラナーという意味だ。そのテラナーは泥棒だ」

「どうして？」と、アインシュタイン。

「プシオン性構造体を盗んでいる。知性的なふるまいをする五次元構造体を」

「つまり、意識存在ですか？」

「いや。盗まれた構造体にはテラナーたちのいうÜBSEF定数がないから。だが、進化をつづければ、どこかの時点でÜBSEF定数を獲得するかもしれない」

「その構造体のことは前にも話していましたね。いまはもう存在しないのでは？」

「わからない」と、1＝1＝ヘルム。「潜時艇に乗っているそのテラナーは、重力爆弾を発射した。巨人の眠りを妨げかねない。だからこそ、すぐに確実にやめさせなくてはならなかった。そのさい、かれらの乗り物を破壊した。貯めこんでいたプシオン性構造体は蒸発してしまったはず。あとから探知したところ、見つからなかった」

「残念です」と、アインシュタイン。「それがあればわたしもほんものの人間になれたかもしれない。自意識を持ち、わたしがその名を負う死者からの合成物ではない、ほんもののÜBSEF定数を持った存在に」

「きみはまさにわたしがもとめていたとおりの存在だ。変化することは認めない。いまの自分を受け入れろ！　目下の問題はオクストーン人のクローンだ。遺伝子外科的介入によって、オリジナルを倒せるようになるといいが」

「あまり早く倒してしまうと、そのあと生成されるクローンが完璧になることはできません。それを恐れないのですか？」アインシュタインが反論する。

「わたしはなにも恐れない」と、孵化基地の指揮官。「われわれアニン・アンが欠陥だらけの虚弱な有機的肉体を捨て、完璧な技術的構造体を手に入れたとき、感情もすべて捨て去ったのを忘れるな。われわれのような進化段階に到達した者に、感情の入る余地はない」

「それはわかっていますが、そのとき以来、アニン・アンがなにかを失ったようにも思えます。あなたにとってわたしは、かつての有機的肉体の部分的代替物、精神的な補綴物のようなものなのでは」

「なんの根拠もないいいぶんだ。本気できみを消去すべきではないかと思えてくる」

「わたしにこれだけ手間をかけておいて！　非論理的な行動です。でも、話題を変えましょう。クローンが完成してオクストーン人と同じ戦闘能力を有するようになったら、なにか考えていることがあるはず」

「もちろん考えている」１＝１＝ヘルムが答える。「過去のスタリオン・ダヴの戦いはすべて記録して、細かく分析している。もっと力が出せるはずと考えているのはそのせいだ。これまでのところ、かれは戦闘能力の六十パーセント程度しか発揮していない。その力を百パーセント出しきってもらいたいのだ。それを倒したクローンなら、完璧な戦闘エレメントとして増強基地に送ることができる。それを複製し、十戒の敵に立ち向かわせる」

「なるほど」と、アインシュタイン。「エレメントの支配者を感心させたいわけですか。その泥棒というのも、役にたつかもしれない。なにかに利用するつもりなんでしょう。そうでなければ増強基地に送ったりはしないはず。泥棒の名前は？」

「モジャだ。すくなくとも、かれのセランのポジトロニクスはそう呼んでいる」

「モジャ！」アインシュタインは自分の鼻を引っ張った。「そんな名前があるのですか！　その泥棒を見てみたいものです」

「だったら増強基地に行くといい！」1＝1＝ヘルムがいった。「だが、急げよ！　すぐにクローンの準備ができる。そのときはここにもどってもらうから」

＊

なにかがうまくいっていなかった。

それが悪いというのではない。1＝1＝ヘルムの意図どおりだったとしたら、わたしは行動することはもちろん、思考さえできなかっただろうから。

つまり、わたしは行動できるのだ。ただ、鈍いゴールドに輝くエネルギー球……ゼロ時間スフィアに閉じこめられている。そのなかでは時間が経過しない。

完全な静止状態というのが、1＝1＝ヘルムのくだした判決だった。

それが機能していないわけだが、1＝1＝ヘルムは気づいていないようだ。

わたしはもう一度、〝べつの〟目と耳で見て聞くことに集中した。この能力はここにきて手に入れたものだ。さまざまな大きさの、メタリックブルーにきらめく原物質の泡が無数に集まってできた迷宮を、1＝1＝ヘルムは増強基地と呼んでいる。

きわめて興味深い場所なのはたしかだ。1＝1＝ヘルムの説明はほとんど理解できなかったが。増強基地がどこにあるのか、1＝1＝ヘルムがどんな存在なのかもわからない。エレメントの十戒というのをどんなものだと想像すればいいのかも。

ただ、ひとつだけたしかだと思えることがある。1＝1＝ヘルムはどう考えても〝平和を愛する男〟ではない。そうでなければ、わたしが白旗とグリーンのシュロの枝とゴールドの平和宣言を付して送ったシンボル通信信号を無視し、重力爆弾にだけ反応するはずがない。

べつの目を通して、このゼロ時間スフィアが存在する原物質の泡の無数の区画が見えた。そこらじゅうにロボットと、まるでロボットのような生命体がいて、膨大な量の武器、技術装置、装備品、宇宙船、巨大構築物が貯蔵されている。さまざまな形状はどれも奇怪で、ここが宇宙要塞なのか、空中都市なのか、宇宙工場なのか、人工惑星なのか、とてつもなく巨大な遠距離宇宙船なのか、わたしには判断がつかなかった。

驚いたことに、わたしのもの以外にも数えきれないほどのゼロ時間スフィアが存在する。最初、1＝1＝ヘルムに泥棒と判断されて無力化され、静止フィールドに入れられたのはわたしだけだと思っていた。だが、どうやら自分を過大評価していたようだ。どの原物質の泡にも、鈍いゴールドのエネルギー球が何百となく存在する。その下には一部だけが見える巨大プラットフォームがあり、何千という知性体、アンドロイド、ロボット、そのほかえたいの知れない構造物がうろついていた。姿かたちはまるで異なっているのに、エネルギー球の下にいる者たちにはどこか共通するものが感じられた。例外なく暴力的な雰囲気をまとっているのだ。

徐々にわかってきたのは、1＝1＝ヘルムがあの者たちを脅威として隔離したのではなく、なんらかの目的で集めてきたらしいということだった。

わたしもそうなのか？

しぶしぶながら肯定したものの、そう思うとなんとも奇妙な気分だった。いずれにせよ、1＝1＝ヘルムがいつかわたしを利用したいなら、受け入れる以外に選択肢はない。

利用ではなく、悪用か！

そう、そのとおり。わたしは暴力を目の前にしてもひるむことのない、厚顔な人間なのだ。だからといって、自分を責める必要はない。わたしは精神的・肉体的にきわめて特異な性質を有していて、1＝1＝ヘルムはそれに目をつけたようだ。時間の檻のなかに囚われたほかの者たちもほぼ同様だろう。

さらにしばらくあたりをうろつき……自分が思いこみをしていたことがわかった。肉体的に、この時間の檻を出たと思っていたのだが。

そういうことではない。

次の瞬間、まったく逆であることがはっきりした。見ると、自分がゼロ時間スフィアのなかにいる。わたしはそれを外から見ていた。セラン防護服を着用して、透明な球形ヘルメットごしにもじゃもじゃの髪がよく見える。

だが、だれの目を通して見ているのだ?

突然、ひらめいた。

潜時艇が破壊されたとき、五次元構造体の波が意識に押しよせ、一時的にわたしは無防備になった。だから1＝1＝ヘルムに制圧されたのだ。

いずれにしても制圧されていただろうが、それがずっと早く進行したわけだ。だが、その五次元構造体はわたしが一カ月かけて潜時艇にとりこんできたものにほかならない。意識的に思考する能力はないが、知性を持ったプシオン・エネルギーで、宇宙全体に流れるハイパーエネルギー性プシオン流の集合体だ。プシオン流は通常なら知性を持たず、なにかを実行する能力もないが、一定量以上の集合体になるとあらたな性質を獲得する……それこそが、われわれアストラル漁師が釣りあげる〝獲物〟だ。アストラル漁師という呼び名は、そもそもが誤解から発している。われわれの同業仲間の最初のメンバーたちは、魂をおおう非物質のカバーを獲るのだと信じていた。だが、実際は逆だったのだ。

思わずペルウェラ・グローヴ・ゴールのことを考えた。

わたしが奴隷の鎖を引きちぎり、独立しようと考えているのを、あの女ハゲタカが知ったなら!　わたしの予想が間違っていなければ、潜時艇の貯蔵庫から解放された五次元構造体が独自の生命を発展させたのだ。そして、わが同盟者になったということ。

そのとき、はっとした。感情の嵐に翻弄されるなか、遅まきながら気づいたのだ。わたしのゼロ時間スフィアの前にだれかが立って、こちらを見ている。

　もちろん見つめ返すことはできないが、五次元構造体のおかげで、自分の目で見るように見ることができた。

〈わたしのことはプシ兄弟と呼べ！〉五次元構造体がわたしの意識にささやいた。

〈いいだろう！〉そう思考を返す。〈だが、ヒルダがふたたび作動したら、どんな名前をつけたらいいかたずねてみよう。プシ兄弟という呼び名はいまひとつだ〉

　わたしのゼロ時間スフィアの前に立っているのは人間だった。美男子とはいいがたいが、頭はよさそうだ！　薄い肩と贅肉のついた腰まわりが美しくないコントラストをなしている。しかもその服装はしわだらけのガウンにパジャマのズボンという、およそありえないものだった。

　頭部もこのタイプにありがちなものだ。異様に大きく、水頭症を思わせる。年齢によって白くなった髪は四方八方に跳ねている。まるでたったいま掻きむしったかのようだ。ただ、顔だけが似合っていない！

　きびしくもなく、理知的でもなく、反抗的な学生のようだ。目にはいたずらっぽい光があり、つねに神と世界を笑っているようだった。上唇にかかる大きな口髭が憂鬱げな雰囲気を感じさせる。

じつに個性的だ！

なぜか以前どこかで見たような親近感もおぼえる。ただ、わたしはこれまであまりに多くの顔を見てきていて、全員の名前を思いだすのは不可能だった。

「あんた、名前は？」と、たずねる。

言葉を発してしまってから、自分が時間の檻のなかにいて、だれかに話しかけることはできないはずだったのを思いだした。

その人間は太く黒い眉をあげ、考えこむようにあたりを見まわし、わたしのほうに視線をもどした。

「アルバート・アインシュタインだ」相手が答えた。「わたしの勘違いでなければ、話しかけてきたのはきみだな、モジャ」

アルバート・アインシュタイン！

だが、そんなはずはない。もちろん名前は知っているし、外見もたしかに……すくなくとも顔は……そっくりだ。だが、アルバート・アインシュタインは二千年以上前に死んでいる。

「きみが話しかけてきたのか、モジャ？」男が詰問する。

「ああ、そうだよ」認めるしかなかった。「間接的にだがね。どうしてアルバート・アインシュタインと名乗るんだ？　かれはとっくに死んでる」

男はちいさく笑った。

「そのとおり。だが、わたしはたしかにアルバート・アインシュタインだ。合成したものとはいえ、かれのÜBSEF定数を持っているから」

「ほんとうに?」わたしは驚いてたずねた。「どうやったんだ?」

「なにをどうやったと?」

「ÜBSEF定数の合成だよ。生命のない物質に生命をあたえるより、もうすこしむずかしいだろう」

「そうだな」と、アインシュタイン。「だが、おぼえておきたまえ。すべては……」

「……相対的だな」わたしは憤然と口をはさんだ。「いいから聞け! あんたはアインシュタインそっくりで、そのÜBSEF定数を模倣したものを持ってるかもしれないが、口癖までまねる必要はない! ÜBSEF定数の合成のしかただって知らないじゃないか」

「ま、正確には知らないが、1＝1＝ヘルムに聞けばわかる」

「わたしをここに閉じこめたやつのことはいい! わたしがその超技術を出し抜いたことも、教えてやる必要はない」

「ふむ! 悪くないアイデアだ。ベルンのスイス特許庁からじかに出てきたかのようなかれはまじまじとわたしを見つめ、不機嫌そうにいった。「反応がないな、モジャ。

どうやらわたしのことは、もう知られていないようだ」

「ほんとうにアインシュタインになりきっているんだな」わたしはおもしろがるようにいった。「あんたのすてきなヘルムはなんていうだろう？」

「わたしのヘルムではないし……すてきでもない」と、アインシュタイン。「かれはわたしをおもちゃにしているだけだ。スタリオン・ダヴのDNAを使って完璧な戦闘エレメントをつくりだしたら、わたしのことなどぼろ布のように捨て去ってしまうだろう」

　意識の奥でベルが鳴った。このにせアインシュタインは自分の運命に不満をいだいている。籠絡するのはむずかしくないだろう。もちろん、あからさまに1＝1＝ヘルムに反抗することまでは期待できない。依存度が強すぎるから。だが、わたしが1＝1＝ヘルムに一矢報いたいだけだと説得し、手を貸してくれた場合のかれの生存を保証すれば、たぶん反対はしないだろう。

「わたしのからだをこの牢獄から出してくれ。そうすれば、あんたが命を守るのに手を貸そう！」

＊

「そんなことはできない」

　アインシュタインにそういわれ、わたしは失望のあまり、しばらくはなにも見えず、なにも聞こえなくなった。だが、落胆は長くはつづかない。アストラル漁師としてペルウェラ・グローヴ・ゴールの下で働いていると、どれほど深い失望も克服できるようになる。

プシ兄弟とのつながりを回復させると、アインシュタインが怒濤(どとう)のようにわたしに話しかけているところだった。

「排気ガスのように言葉をぶちまけるのをやめろ！」

かれは喉を詰まらせかけながら、いわれたとおりにした。

「しばらく離脱していたので、あんたのウィットに富んだ提案を聞いていなかった。もう一度いってくれ！」

アインシュタインは頭まで真っ赤になったが、やがてかぶりを振り、わけ知り顔の笑みを浮かべた。

「いいかね、モジャ！　きみが泥棒だということはわかっている。そう怒った顔をするな！　きみは五次元構造体を捕まえて生計を立てている。わかっているんだ。だが、その点を議論する気はない。むしろわたしは、われわれふたりの状況を改善する提案をしたい」

「聞かせてくれ」

「スタリオン・ダヴはオクストーン人だ」アインシュタインは話をつづけた。「オクストーン人についてては、コンパクトタイプの環境適応人だということくらいしか知らない。だが、その祖先はきみと同じテラナーだから、きみならもっといろいろ知っているだろう。それを思いだして、1＝1＝ヘルムがダヴのクローンを本人以上の戦士にするのを防ぐ方法を見つけてもらいたい！」

「わかった。考えるから、じゃまするなよ！」

次の瞬間にはもう解決策を思いついたが、まだそれを打ち明ける気はなかった。

「適切な助言をしたとして、見返りはなんだ？」

「きみを解放するため、あらゆる手をつくすと約束する。ずいぶん曖昧だと思うだろうが、いまのわたしにこれ以上のことはいえない。ゼロ時間スフィアのなかにいるきみが、どうしてわたしと話せるのかさえわからないんだ」

わたしは内心でほくそえんだ。

このにせアインシュタインはたいした詐欺師だ。鼻を見れば嘘をついているとわかる。もちろん、どうしてわたしがしゃべれるのだろうとは思っただろう……だが、こちらがアストラル漁師だとわかった時点で正解にたどり着いたはず。

「そういうことか！」と、アインシュタイン。わたしの沈黙を正しく解釈したようだ。

「きみは捕まえた五次元構造体を利用できるのだな。だが、それらがはなれたところにあっても、きみはそれを通じて見たり聞いたりしゃべったりできるのか？」

「そいつを使って1=1=ヘルムの基地内を調査したよ」

「孵化基地をか？」アインシュタインは信じられないという顔だった。

「増強基地と呼んでいなかったか？」わたしは驚いてたずね返した。

「それは十戒のこの基地のことだ。ほかにふたつ、孵化基地と貯蔵基地がある。1=1=ヘルムは孵化基地の指揮官だ」

「知らなかった。わたしが知っているのはこの増強基地だけだ。ほかの基地はどこにある？」

「きみには見当もつかないだろうな。教えてやろう。十戒の三基地は、巨大生命体のÜBSEF定数のなかに存在しているのだ」

かれは探るようにわたしを見つめた。まるでわたしが息をのむのを待っているかのようだ。だが、そうはならなかった。潜時艇のなかでヒルダが、ハイパー空間よりも次元的に上位の構造を持つインパルスといったときから、そんなことではないかと思っていたから。実際にわかってみると、いささか空想的に思えるのもたしかだが。それでもアインシュタインの説明で最後の疑問が氷解した。それだけではない。その巨大生命体がなんなのか、突然ひらめいたのだ。

「提案のつづきを聞こう！」

「きみの理解力の限界をこえたようだな」アインシュタインががっかりしたようにいう。

「ま、いい！」

「そう、そこはどうでもいい。提案を聞かせてくれ！」

アインシュタインは嘆息した。

「ま、現実的に考えるならそれもいいだろう。わたしの提案は、きみが五次元構造体の力を借りて、孵化基地までわたしに同行するというものだ。スタリオン・ダヴよりも戦いのうまいクローンの製造を妨害する方法があるなら、ということだが」

「うまくいくかどうかわからないが、ためしてみる価値はある。オクリルというのを聞いたことがあるか？」

「いや、ない」

「かんたんに説明しよう。オクリルは現在のオクストーン人の故郷惑星でもあるオクストーンの極端な環境下に生息する動物だ。ただ、惑星の固有種ではなく、はるか昔に異人が持ちこんだもの。それが極端な環境に完璧に適応したのだ。

外観はテラのカエルに似ているが、両棲類ではない。平均的な体長は一・一メートル、体高は半メートルだ。四対の脚があり、中央の二対は短く、吸盤がある。後肢には二十メートルほどジャンプする力があり、前肢は非常に長くて、先端は鋭い鉤爪のある手になっている。骨格と筋肉はメタルプラスティックと同じくらい頑丈だ」

「それはわかった。だが、オクストーンのオクリルについて知ることが、なんの役にたつ？」アインシュタインは辛抱強くたずねた。

「スタリオン・ダヴにはオクリルが必要だ」わたしは説明した。「かれがオクリルのあつかいを学んだことがあるかどうかは知らないが、オクストーン人なのだから、すくなくともためすことはできるはず。生命の危険を感じることはあるまい。オクリルを訓練して戦わせることができるようになれば、クローンに勝ち目はないだろう」

アインシュタインはじっと考えこみ、おもむろに口を開いた。

「すこし時間がかかりそうだが、やってみる価値はあるな。だが、どこからオクリルを手に入れる？」

「アルバート・アインシュタインがやってきたところからさ。わたしのことを半蛮人と思っているようだが、考えてもみろ。潜時艇と漁具を使って五次元構造体を捕獲できるのは、自然科学をくわしく学んだ者だけだ！」

「たしかに」と、アインシュタイン。「失礼した！　すぐに孵化基地に行って、きみの提案をスタリオン・ダヴに伝えよう」

わたしは笑った。

「ばかにしているのか？」アインシュタインが色をなす。

「とんでもない。オクストーン人がどんな反応をしめすだろうと思っただけだ。敵の産物であるあんたの提案など、罠だと思うだけだろう」

「だからきみが同行するのだ」と、アインシュタイン。「なんのためにそういったと思っている？」

わかっている、とはいわなかった。わたしの反論は戦略的なものだったから。アルバート・アインシュタインの外観と合成されたÜBSEF定数を持っていても、この男は人間ではない。生物学的に培養された怪物であり、1＝1＝ヘルムの被造物だ。だまされないよう注意する必要があった。そのためには、こちらを見くびらせておいたほうがいい。

「ああ、そうか！」と、のんびりした口調でいう。「わたしがおろかだった。では、同行できるかどうかためしてみよう！」

7

サイバー・ドクターの注射で大きく息を吸いこまされ、スタリオン・ダヴの胸がふくらんだ。

かれは目ざめた。

それでも、観察されているかもしれないと考え、目は閉じたままにする。

すべてをはっきりと思いだすことができた。ポスビから逃走する途中、ペド転送機によって二百の太陽の星から、エレメントの十戒の基地のひとつ、孵化基地に移動させられたのだった。二百の太陽の星からの脱出も、偶然ではないとわかっている。1＝1＝ヘルムによって〝徴募〟されたのだ。

孵化基地の指揮官はダヴの戦闘能力を試験し、その後かれの体細胞から採取したDNAを使って、かれのクローンをつくることにした。ハンザ・スペシャリストはすでに三度、自分自身のクローンと戦わされている。すべて勝ちはしたものの、すくなくとももう二回は膨大な経験と、訓練された反射神経による辛勝にすぎなかった。

いつまでもそうはいかないはず。1＝1＝ヘルムは戦闘ごとに内容を分析し、DNAに手をくわえて、最終的にスーパー戦士をつくりだそうとしている。最後には自分が犠牲になることを、オクストーン人はよく理解していた。コピイの戦闘能力がオリジナルを超えたとき……それがダヴの最後の戦いになる。

負けるだろう。

かれがクローンを殺したのと同じように、クローンもためらいなくかれを殺すはず。ただ、その意味は同じではない。クローンには自覚的な意識はなく、合成された、パラメカ性の意識があるだけだから。いわば生体ロボットにすぎない。

一方、ダヴは人間だ……オクストーン人ではあるが、クローンとは異なり、自然に生まれた存在だった。人間を殺すのは犯罪だ。それに、ダヴはまだ死にたくなかった。人生に未練がある。

だから古い地下ブンカーにもぐりこんだのだ。最初の意図はこの状況から抜けだすことだったが、そんな方法は見つからず、せめて次の戦いに向けて体力を回復しようと、セランのサイバー・ドクターに深い眠りをもたらす注射を要請したのだった。コンピュータはサイバー・ドクターに、一定範囲内で活動の増加を探知した場合、ただちに目ざめさせるよう指示した。

その状況が生じたということ。

どのくらい眠ったのかと思っていると、1＝1＝ヘルムの無感情な声が聞こえてきた。

「オクストーン人に急いで次の戦闘の準備をさせるのだ、アインシュタイン！」

「すぐやります」1＝1＝ヘルムの被造物が答えるのが聞こえた。合成人間は近くにいるらしい。「ですが、スタリオン・ダヴは意識がないか、深く眠りこんでいるようです。当然、戦闘準備には時間がかかるでしょう。かんたんに負けてもらっては困るわけで、最高の状態で戦わせる必要があります。それとも、計画変更ですか？」

「それはない」と、1＝1＝ヘルム。「だが、オクストーン人にだまされるな！　かれは目ざめている。孵化基地内のことはすべてお見通しだというのを忘れたか？」

「まさか」と、アインシュタイン。「ダヴが意識のないふりをしているとは思いませんでした。教えてもらってよかった。罰をあたえましょう」

「それにはおよばない」と、1＝1＝ヘルム。

「わかりました！」アインシュタインが不満そうに答える。「どうしてそんなに急いでいるので？」

「銀河系周辺で事態が変化している。無限アルマダがアンドロ・ベータの手前に到達し……カッツェンカットが独断でペリー・ローダンを誘拐した」

「ペリー・ローダンを誘拐した？」アインシュタインはオウム返しにそういった。「コスモクラートにとっては大打撃なのでは？」

「コスモクラートが気にしているかどうか」と、孵化基地の指揮官。「だが、あのテラナーを肉体的・精神的に破壊するというカッツェンカットの計画がうまくいくようなことになれば、アンドロ・ベータは反クロノフォシルに変化してしまうだろう」

「うまくいくようなことになれば？」と、アインシュタイン。「変化してしまう？　カッツェンカットが失敗したほうが都合がいいといいたそうですな」

「そんなことはいい！　きみが気にすることではない。スーパー戦士計画が決定的に重要だということだけは忘れるな。すべてが失敗したら、エレメントの支配者はわたしの計画にたよるしかなくなる」

「わかりました」と、アインシュタイン。

「仕事にかかれ！」と、孵化基地の指揮官。

オクストーン人はもう意識がないふりをしても無意味だと知り、目を開けた。最初に見たのは多目的アームバンドの表示だ。

かれははっとした。

眠りこんでからせいぜい数日だと思っていたのに、七十日くらいが過ぎていたのだ。NGZ四二七年十二月一日という日付が表示されている。

かれは跳ね起きた……七十日の深い眠りは、オクストーン人にさえ影響をあたえずにはいなかった。目の前の風景が回転しはじめる。かれは目を閉じ、足をひろげて立ち、目眩に抵抗した。

　多少ましになると目を開き、あたりを見まわす。

　十メートルほど先に人間の戯画のようなものが見えた。アルバート・アインシュタイン……あるいは、死んだ天才の合成されたÜBSEF定数を持つコピイだ。

〈きみに手を貸したい！〉ダヴの意識のなかに声が響いた。

　かれは思わず首を横に向け、肩の上の銀色の十二脚のカニを見つめた。その体表は、あらゆる種類のエネルギーを受容するハチの巣状の器官におおわれている。

「わかっている」と、カニに向かっていう。

　戦争エレメントがおちつかなげに身じろぎし、

〈どうした？〉と、たずねてきた。

　ダヴは顔をしかめた。さっきのは戦争エレメントが語りかけてきたと思ったのだが、そうではなかったらしい。

　だったら、だれの声だったのか？

〈わたしだ。ギフィ・マローダー……通称モジャの、プシ兄弟だ！〉

　オクストーン人は身震いした。

「戦争エレメントではないのか？　だが、これを中継装置のように使っているな？」

「だれと話している、スタリオン・ダヴ？」１＝１＝ヘルムの声がした。

オクストーン人はこのときはじめて、エレメントの十戒に属さないだれかが接触してきたことに気づいた。通常なら、ただちにそのことを報告していただろう。戦争エレメントによって、そうするしかないよう条件づけられていたから。だが、これまでの戦闘と死の恐怖のせいで、かれの生存本能は大きく強化され、救済の望みがあれば条件づけに反する行動もとれるようになっていた。

かれは困惑しているふりをした。

「まだ寝ぼけていたようだ。戦争エレメントが話しかけてきたように思ったもので。カッツェンカットがわたしに手を貸したいとか」

「カッツェンカットだと！」1＝1＝ヘルムがいい……ダヴははっきりと、孵化基地の指揮官が感情をすべて失っているわけではないことを認識した。「あの指揮エレメント、わたし自身がつくった道具まで使って愚弄しようというのか！」

揺らめく球形のエネルギー・フィールドがダヴの肩の上の戦争エレメントをつつみこんだ。カニは脚を引っこめ、まばゆい赤に輝きだした。だが、それはすぐにもとにもどり、エネルギー・フィールドも消えてしまう。

「深い眠りのあとで幻覚を見たようだな、スタリオン・ダヴ！」1＝1＝ヘルムの声が地下ブンカーのなかに響いた。「戦争エレメントが操作された形跡はない。気を引き締めて、アインシュタインが用意する次の戦闘の準備をしろ！」

「了解！」ダヴはそう答えながら、ギフィ・マローダーのプシ兄弟と名乗った存在の声を聞き逃さないよう注意した。

孵化基地での冒険を生きのびる希望が、はじめて眼前にあらわれたのだ……

＊

アインシュタインが、ガラスに似た物質でできた明るいグリーンの浮遊機を指さした。深皿のようなかたちだ。

「乗れ！」と、ダヴに指示する。「孵化基地の回復センターに向かう。その状態では、いい戦いは期待できないから」

〈したがうのだ、スタリオン！〉頭のなかに声が聞こえた。〈われわれ、きみを助けたいと思っている。だが、二度と思考を声に出すな！　ただ考えればいい！〉

オクストーン人は思わずまた戦争エレメントに顔を向けたが、すぐに気づいて、アインシュタインの指示にしたがった。条件づけに逆らって1＝1＝ヘルムの敵の陰謀に荷担する罪の意識を、なんとかおさえこむ。

〈正体を明かしてくれ！〉かれはそう思考した。〈アインシュタインはどっちの味方だ？　どうして戦争エレメントはこのメンタル・コミュニケーションに気づかない？〉

〈わたしが戦争エレメントとのコミュニケーションを遮断している。アインシュタインは味方だ。きみが敗北せずに生きのびたなら、自分の命は守られると思っているから。このかぎりにおいては、信用してもだいじょうぶだ。わたしはさっきもいったとおり、ギフィ・マローダーの、通称モジャのプシ兄弟だ〉

〈そもそも、そのギフィ・マローダーとは何者なんだ？〉ダヴが困惑しているあいだにも、アインシュタインはかれをグリーンの深皿のなかに導いていく。

〈テラナーのアストラル漁師だ！〉心の声におもしろがるような調子がくわわった。〈五次元構造体を漁獲していて潜時艇が破壊され、飛び散った獲物ごとペド転送機に捕捉された。そのさい、かれのÜBSEF定数の一部と五次元構造体のあいだにつながりができた。その結果、構造体は意識的な思考力を獲得し、わたし……プシ兄弟が生まれたのだ〉

〈そいつはすごい！〉オクストーン人はそう思考し、思わず声に出しそうになって唇を嚙んだ。〈だが、妙だな。アストラル漁師というのは聞いたことがない〉

〈ギフィ・マローダーも、エレメントの十戒や、無限アルマダや、クロノフォシルや、宇宙のモラルコードというのは聞いたことがない！　アルバート・アインシュタインから聞いたのが最初だ。モジャはもう何年も銀河系をはなれているから〉

ダヴは目を閉じ、プシ兄弟から得た情報を頭のなかで処理しようとした。だが、完全には咀嚼（そしゃく）しきれない。アストラル漁師というのは初耳だった。物質の泉の彼岸についてなんでも知っているとうぬぼれているメディアすら、わずかな報道さえしていない。この奇妙な職業についてなんの報告もないということは、実際には存在しないものなのかもしれなかった。すくなくとも、メディアの知るかぎり、ペリー・ローダンも宇宙ハンザの首脳もLFTも、情報を持っていないのだろう。

オクストーン人は目を開き、浮遊機がハチの巣構造の建物の、巣穴のひとつに吸いこまれていくのを見つめた。

〈どうしてわたしを助けようとする?〉かれはたずねた。

〈アインシュタインの意図は説明したとおりだ〉プシ兄弟が答えた。〈わたしの動機はべつだが、かなり近い。わたしはプシオン的にはモジャの一部だ。だから、かれが1＝1＝ヘルムによってゼロ時間スフィアに閉じこめられているのががまんならない。アインシュタインに協力してその命を……同時にきみの命も……救えば、アインシュタインはモジャの解放に全面協力するだろう〉

〈どうやってわたしの命を救うつもりだ? 1＝1＝ヘルムは敵の戦闘能力を一回ごとに増強させている。いずれわたしは敵に凌駕され、殺されてしまうだろう〉

〈きみには戦う仲間が必要だ!〉と、プシ兄弟。

〈アインシュタインか?〉オクストーン人は咳ばらいして、おもしろがっているのを1＝1＝ヘルムに気づかれないようにした。

〈ばかな！　きみのコピイたちがアインシュタインを見たら大笑いするだろう。必要なのはきみと同等の存在だ。オクリルだよ〉

ダヴは目に見えない相手のぶしつけさに怒るべきか、それとも自分のおろかさを後悔すべきかわからなかった。

〈オクリルとは！　まさに格言どおりだ。〝不可能なことはすぐに起きるが、奇蹟が起きるにはしばらく時間がかかる〟だったか？〉

〈不可能ではない！〉と、プシ兄弟。〈1＝1＝ヘルムの孵化基地の機材を使えば、オクリルもつくりだせる。その動物の詳細な情報が必要なだけだ。オクストーン人のきみなら、情報を提供できるはず〉

ダヴはうなだれた。

〈オクストーン人ならだれでもオクリルといっしょに駆けまわったはずと思っているのだろうが、そうではない。あの獣はきわめて危険で、訓練を受けた調教師にしかあつかえないのだ。わたしは生涯で一度しかオクリルを見たことがない……情報ヴィデオのなかでしか〉

〈これは驚いた！〉プシ兄弟の思考が伝わってきた。

〈がっかりさせて申しわけない！〉と、ダヴ。

〈謝る必要はない。がっかりしてなどいないから！　十戒の遺伝子工学センターにオク

リルのデータがあるかもしれない〉

〈きみは問題がわかっていない！　たとえオクリルを発見できても、われわれの役にはたたないのだ。わたしを食べているあいだ、べちゃべちゃ音をさせないよう、しつけることすらできないだろう〉

〈そう悲観的になるな！〉と、プシ兄弟。〈自分がオクリルを手なずけるところを想像してみろ！　アインシュタインとわたしも調教に手を貸す〉

〈しかし……！〉ダヴは抵抗した。

〈反論はなしだ！〉声が頭のなかに響く。〈きみはハンザ・スペシャリストとして、全力で十戒と戦う義務を負っているはず〉

〈だったら、せめて骨はひろってもらいたいな〉ダヴが非難がましく考える。

〈元気を出せ！　オクリルがつくりだせるかどうかもまだわからないのだ。それに、次の戦いに負けたら、心配する必要もなにもなくなる〉

〈なんて人間だ！〉

〈わたしは人間ではないがね！　いまはとにかく体力を回復して、次の戦いに勝つことを優先すべきだ。そうすれば、1＝1＝ヘルムにオクリルの提供を要求できる〉

ダヴはうなずいた。

〈クリスマスにプレゼントしてくれるかもしれないからな！〉と、強いて楽観的に考え

る。〈あるいは、わたしがかれのプレゼントになるか〉

＊

「ここが戦場だ」アインシュタインは山間の峡谷と、ジャングルにおおわれた周囲の山地を指さした。

スタリオン・ダヴは一帯に疑惑の目を向けた。

かれとアインシュタインは、孵化基地の回復センターをスタートした明るいグリーンの浮遊機のなかにすわっている。ほぼ一週間、ダヴは回復センターで治療を受け、マッサージと栄養補給のほか、運動と戦闘訓練もこなしてきた。今回、かれが使える武器は石弓と三種類の矢、小型の手斧、それに短剣だけだ。敵は自動火器と短剣を装備しているだろう。

「ひどく見通しが悪いな」オクストーン人が文句をいった。「敵がどこかに身をひそめているとすれば、ただわたしが近づくのをじっと待って狙い撃ちすればいいわけだ」

「きみも同じことができるじゃないか」と、アインシュタイン。

「どうも忍耐力がすり減っているようでね」

「心配するな、膠着状態にはならない。1＝1＝ヘルムはきみにテラ標準時間の五時間をあたえるよう指示した。その時間が過ぎたら、惑星エソルの吸血チョウの群れを戦場にはなつ」

「惑星エソルの吸血チョウ！　なんて不気味な響きだ」

「いや、見た目は滑稽だよ。一見すると羽のある乳児といった感じで」

「で、母乳のかわりに血を吸うわけか？」ダヴはゆがんだ笑みを見せた。

アインシュタインが皮肉っぽく笑う。

「違うな！　かれらはじつに平和的だ。ただ、これまでのところ、哺乳動物を血に飢えた獣に変えてしまうという特性を見せている。敵もきみも、チョウを殺して血を吸うことになる。そのとき、数千個のちいさな卵もいっしょにのみこむだろう。卵はきみたちの内臓で変態をくりかえし、最後にはあらたな吸血チョウとなってあらわれる」

ダヴはぞっとした。

「サディストめ！　あんたがアインシュタインの姿じゃなかったら、即座に背を向けているところだ」

「1＝1＝ヘルムがわたしをこの姿にしたのは賢明だったということ！」にせアインシュタインがからかうようにいう。

オクストーン人は浮遊機の床から武器をとり、外に出た。

「クローンを鎖から解きはなて！」と、不機嫌そうにいう。「やっつけてやる！」

怒りのこもった笑い声とともに、ジャングルに突入。その攻撃性が戦争エレメントのヒュプノ性の影響によるものだとは気づいていない。だが、その影響下にあっても、ギフィ・マローダーのプシ兄弟にいわれたことは忘れていなかった。よく考えられた作戦だが、成功はおぼつかない。たとえ1＝1＝ヘルムがオクリルをつくりだしたとしても、それが戦友になることはないだろう。オクリルになにかを強制するのは不可能なのだ。わたしはオクリルにばらばらに引き裂かれるだろう！　と、ダヴは思った。

右の頬に焼けるような痛みを感じる。直後に鋭い破裂音がしたが、そのときには、オクストーン人はもう藪のなかに伏せていた。短時間に十数発の弾丸が降り注いだ。銃弾は枝をへし折り、木の幹に深くめりこむ。

ダヴは手の甲で右頬をぬぐった。黒っぽい血がついている。銃弾がかすめたようだ。メタルプラスティック並みの強度がある筋肉は無傷だった。だが、敵が炸裂弾を使用しなかった理由ははっきりしている。こちらの油断を誘おうというのだ。

小枝の動きで位置を悟られないようゆっくりと、藪のなかを移動する。十メートルほど先で停止し、石弓をかまえた。焼夷矢をつがえ、真上に向けて発射。

予定どおり、矢はかれのすぐ近くに落ちてきた。地面にぶつかると、直径二メートルの火球が生じ、三十秒ほど燃えつづけた。

敵はかれが火球の近くにいるとは考えないはず。手斧をつかみ、敵の姿が見えたらすぐに投げられるようにする。

だが、向こうも警戒しているらしい。姿を見せることなく、ダヴの周囲の木々に向かって炸裂弾を浴びせかけてきた。たちまちほとんどの枝が粉砕され、こぶしほどの大きさの破片が地面にめりこむ。鉄のようにかたい破片が直撃したら、オクストーン人の頭でも耐えられないだろう。だが、その心配はなかった。ダヴは銃撃がはじまった瞬間にうずくまり、頭を両膝のあいだにうずめて腕と肩で防御していた。破片が直撃した左前腕はしびれていたが、頭は無傷だ。

今回、ダヴはセラン防護服ではなく、簡素なコンビネーションを着用しているが、それをハンディキャップだとは思わなかった。敵も装備は同じなのだ。

爆発がおさまると、ダヴは頭をかばっていた腕をあげ、からだで守っていた石弓を持って横に移動した。炸裂矢をつがえようとしたが、できなかった。矢筒から出そうとしたとき、また銃撃がはじまったのだ。

こんどは焼夷弾で、炸裂弾でも倒れなかった木々が、生木だというのに次々と燃えあがる。

ダヴは悪態をつき、逃げだした。もちろん、敵はこれを狙っていた。焼夷弾がたてつづけに撃ちこまれる。ダヴが生きのびられたのは、ひとえに岩だらけの斜面を駆けあがったからだった。火球の殺人的な熱を岩でさえぎることができたのだ。

斜面の上に着いてもかれはまだパニック状態で、稜線(りょうせん)をこえ、反対側の斜面をくだり、小川を跳びこえた。そのあたりでようやくおちつきをとりもどし、状況を分析する。

敵は自動火器のぶんだけ優位にたっていた。主要武器が石弓では、正面きった戦いでその差を埋めるのは不可能だ。必然的に、戦い方のスタイルを変更する必要があった。

ダヴはさらに後退して敵を引きつけることにした。待ち伏せのためではない。数時間ほど距離をとって……攻撃の時期を見はからうのだ。

かれは計画に沿って行動したが、敵の動きはかれの望むものとは違っていた。狩猟熱に浮かされてすっかり警戒を解いたと思うたびに、用心深く追跡を中断する。

クローンは明らかに、ダヴが引き返してくるのを待っていた。だが、二度とそんなチャンスをあたえる気はない。かれは逃げつづけた……すくなくとも三度にわたってさらに遠くへ。そのあと、沼の底に身をひそめる。ただ、中空の植物の茎を使って息をするのはやめておいた。敵がそれを探すのは目に見えていたから。

そろそろ息がつづかなくなってきたとき、かくれ場の近くをだれかが通りすぎる音が聞こえた。かれはすばやく飛びだした。オクストーン人にとっては一G環境下での沼くらい、テラナーにとっての水たまりのようなものだ。ダヴは大きく息を吸いこんだ。

次の瞬間、足音が遠ざかるのではなく、ふたたび近づいてきていることに気づく。炸裂矢をつがえたとき、敵はもう沼のはずれまできていた。遅ればせながら疑念をいだいたようだが、いまさらどうにもならない。敵も急いで武器をあげたが、遅すぎた。石弓の炸裂矢が致命傷をあたえる。

ダヴははじめて、自分のクローンの一体が即死ではなく、数分かけて死んでいくのを見守った。驚いたことに、かれは心底ほっとした。クローンの死に方が人間とは違っていたから。まるでロボットのように、徐々に動かなくなっていく。1＝1＝ヘルムがいっていたとおり、合成疑似意識しか持たないせいだろう。意志的思考力を有する知性体にあるもの……ÜBSEF定数が欠けているのだ。べつのいい方をするなら、魂が。

とはいえ、ダヴのほうも半死半生だった。よろめきながら戦場から離脱する。

「予想どおり、クローンはよくやっている」グライダーにたどり着くと、技術エレメントの感情のない声が響いた。「次の戦いを生きのびられると思うか、スタリオン？」

「たぶん無理だろう」オクストーン人はその場に倒れこんだ。「やってみる気もない」

「どういう意味だ？　戦争エレメントが故障したのか？」

「そうではない」と、ダヴ。「わたしが燃えつきてしまった。最高の戦士でさえ、はげしい戦いを長くつづけると、突然に力が出なくなるもの。そうなったら、本来の能力の半分も発揮できない」

「それは知っている」と、1＝1＝ヘルム。「だが、きみはまだそこにはいたっていないはず」

「次の戦いでわたしが負ければはっきりするだろう。その場合、わたしとの比較でクローンの戦力をはかることはできなくなる。もうスーパー戦士はつくれないぞ」

「たしかに。どうすればそれを回避できると思う？」

ダヴは高さ十メートルの飛びこみ台からＳＴＯＧ酸のプールに飛びこむような気分で、かすれた声で訴えた。

「わたしを支援するオクリルを用意してもらいたい。そうすれば、わたしを倒せるスーパー戦士が生まれるだろう！」

手ひどく拒絶されるものと思っていたので、かれは１＝１＝ヘルムの返答に胸をなでおろした。

「すばらしい提案だ。オクリルなら知っている。オクストーン人とオクリルのチームを倒せれば、まちがいなくスーパー戦士だろう。オクリルの遺伝子データを用意するにはかなりかかるが、時間ならある。きみにオクリルをあたえよう、スタリオン・ダヴ。エレメントの支配者がわたしのつくりだしたスーパー戦士の群れを見たら、わたしのほうが指揮エレメントにふさわしいと納得するはず。行け！　アインシュタインとともに回復センターに行き、本来の体調をとりもどすのだ。オクリルが用意できたら、すぐに呼びにやる」

すごいことになりそうだ！　ダヴはそう思った。

8

「起きろ！」アルバート・アインシュタインがいった。

不機嫌そうな口調だ。スタリオン・ダヴは探るように相手の顔を見つめた。緊張が感じられる。

「虫のいどころが悪そうだな」朦朧（もうろう）としながらそういう。回復深層睡眠から目ざめたばかりなのだ。

相手はなにもいわない。ダヴは胃のあたりに重苦しいものを感じた。アインシュタインがおじけづいているとすると、結果は予見できないが……なにもたずねられない。どこにいても1＝1＝ヘルムが聞いているから。

〈どこにいる、ギフィ・マローダーのプシ兄弟？〉と、頭のなかで呼びかける。

〈いっしょにいるぞ、スタリオン！〉声なき声が響いた。〈勇気を持て！〉

〈どうして勇気を持つ必要がある？　わたしは死ぬのか？〉

〈恐れるな！　姿かたちは消えても、その背後にある本質は永遠だ〉

〈ははあ！　それで、わたしはどっちだ？　姿かたちなのか、本質なのか？〉

〈両方だ、スタリオン〉

「ぐずぐずするな！」アインシュタインがいった。「1＝1＝ヘルムが待っている」

オクストーン人は突然、孵化基地の指揮官がオクリルをつくりだそうとしていることを思いだした。

「オクリルの遺伝子データが手に入ったのか。すると……」興奮のあまり、その先は言葉にならなかった。

「成功した」と、アインシュタイン。「オクリルはすばらしい出来だ。すでに百体以上のロボットをスクラップにしている」

ダヴは笑って……息を詰まらせそうになった。

「百体以上のロボットをスクラップに？　できれば近づきたくないもの！」

〈きみはハンザ・スペシャリストだろう！〉プシ兄弟の心の声が聞こえた。〈エレメントの十戒を害する機会をあたえられたら、それを活用すべきだ。銀河系とその近傍では、混沌の勢力が秩序の勢力を圧倒しないよう、銀河系文明のにない手がつねに命がけで戦っている。きみのようなハンザ・スペシャリストが命を惜しんで尻ごみしてどうする。オクストーンの完全環境適応人であるきみには、オクリルを手なずける能力があるはず。その力を呼び起こせばいいだけだ〉

〈恐いんだよ！〉ダヴは正直に認めた。〈モジャも、きみがそういうだろうといっていた！　オクストーン人たちは十戒との対決に巻きこまれたくないのだ、と。これはカッツェンカットに対する最近の勝利にオクストーン人が関与しなかったことからも明らかだ〉

〈それは誹謗だ！〉ダヴが抗議する。〈そもそも、どこが勝利なんだ？　カッツェンカットはほんの数日前、ペリー・ローダンを誘拐したのではなかったか？〉

〈ほんの数日前とはな！〉プシ兄弟がおもしろがるようにいう。

ダヴは多機能アームバンドの日付表示に目をやり、孵化基地に連れてこられてから三度めの、あまりに長い睡眠時間に対する驚きをおぼえた。

最後の戦いを終え、アインシュタインの手で回復センターに運ばれたのは、NGZ四二七年十二月七日のことだった。クリスマスまでには1＝1＝ヘルムがオクリルを完成させるかもしれないと思ったもの。

だが、休息時間はそれよりずっと長かった。

多機能アームバンドの表示によると、いまはNGZ四二八年二月四日だ！

〈驚いているな！〉と、プシ兄弟。〈実際、このあいだにいろいろなことがあった。ペリー・ローダンはカッツェンカットに誘拐され、過去に連れ去られたのだが、見張りを出し抜いて脱出した。１＝１＝ヘルムがカッツェンカットのために孵化基地でつくった見張りの名はウェイリンキンという。ローダンは過去世界で〝時間巡回者〟を味方につけ、かれらとともに罠をしかけた。時間エレメントを十戒から脱退させ、過去に滅びていた一種族を救出することに成功したのだ〉

〈孵化基地でつくられた生物を、ペリーが出し抜いた？〉ダヴはたしかめた。

〈そのとおりだ〉

〈１＝１＝ヘルムはほんとうにカッツェンカットの行動を妨害しているらしい〉と、オクストーン人は思った。

〈当然だろう！　自分のほうが指揮エレメントにふさわしいと思っているようだ……自分はだれにも負けないと。だからこそ、いまが勢いをそぐのに最適なのだ〉

アインシュタインがつづけざまに平手打ちを浴びせてくる。ダヴは怒りの目を向けた。痛くはないが、うっとうしい。かれが合成人間の胸骨をひとさし指でそっと押すと、アインシュタインはうしろに引っくり返った。憤然と立ちあがり、赤くなったてのひらに息を吹きかけ、

「なんとか意識をとりもどさせようとしたのだ」と、謝罪と怒りを同時にこめていう。

「回復タンクのなかにぼんやり横たわっているから。１＝１＝ヘルムがお待ちかねだ」

「では、連れていってもらおう！」そうはいったものの、ダヴは自分のクローンとの戦

いにのぞむこと以上に、オクリルとの出会いを恐れていた。

タンクのなかから起きあがり、アインシュタインのあとをついていく。新しい下着とセラン防護服を着用すると、またあの明るいグリーンの浮遊機に乗りこんだ。やがて、機はメタリックブルーのドーム形構築物の前に着陸。アインシュタインは無言で出入口を指さした。

ダヴは震える膝で外に出て、大きく息を吸いこみ、出入口に向かった。

「コンピュータ？」と、かすれた声で呼びかける。

「機能しています」コンピュータ・システムが音声サーヴォで応答した。

「これから危険な相手と会うことになる。マルチプロジェクターをいつでも作動させられるようにして、万一のさいにはHÜバリアかパラトロン・バリアを即座に展開しろ。場合によってはデフレクターだけでことたりるかもしれないが」

「命令を実行します」コンピュータ・システムが答えた。「どのような危険なのか、さらにくわしい情報があると助かります」

「オクリルとの遭遇だ」出入口の前で足をとめたダヴは、複雑な気分でドアが開くのを見つめた。

「了解。その場合、追加装備のなかからマイクロ爆弾を準備しておくことを推奨します」

ダヴは何度かから唾をのみこんだ。

「その必要はないと思う。オクリルを殺すのではなく、飼いならしたいのだ」

「了解」と、コンピュータ・システム。「注意！　警告が記録されています。オクリルの馴致には特殊な訓練を受けた調教師が当たるべきで、そうでない場合は生命の危険をともないます」

「わかっている」と、ダヴ。「だからこそ、さっきいった指示が必要なのだ」

入口を通過すると、そこは壁がブルーと銀色の通廊だった。どこからかくぐもった音楽が聞こえてくる。奇妙な音色だが、オクストーン人はなぜかそれが気にいった。無意識のうちに、混沌とした不協和音が聞こえるものと思っていたので。

突然、かれは足をとめた。

思考と感情が戦争エレメントの影響を受けていないことに気づいたのだ。

かれは首をまわした。

カニは左肩にしがみついたままだ。ハチの巣状の外被が銀色にきらめいて、あらゆる種類のエネルギーを受容しているのがわかる。

機能が停止しているようすはなかった。だが、自分はもうヒュプノ性の影響を感じない。

ダヴは無理やりカニから目をはなした。かれがもはやネガティヴな影響下にないことを、1＝1＝ヘルムはきっと気づいていないはず。

右手のハッチが開いた。

ダヴは開口部を抜け、おそるおそる先に進んだ。ハッチの先の通廊の奥から、ときおり咆哮が響いてくる。

「コンピュータ・システムです」透明なヘルメット内のマイクロフォンから声が聞こえた。「緊急事態にそなえたプログラミングが完了しました。いつでも使えます」

「ごくろう」ダヴは単調な声でいい、自分に腹をたて、大きく咳ばらいをして、通廊の奥へと足を進めた。

一分半ほど歩くと、目の前でエネルギー・カーテンが開き……その先はどこまでもつづくように見える山岳地帯だった。〝貫通不能バリア〟と呼ばれる惑星オクストーンの岩がちの荒野を、粗雑に模したものだ。本来ならそこの重力は四・八Gだが、ここではほぼ一Gしかない。

「こっちにこい、スタリオン・ダヴ！」1＝1＝ヘルムの無感情な声が響いた。

オクストーン人は声の出どころを探した。空ということになっているブルーグレイの丸天井の下に、むらさき色のエネルギーらせんが浮かんでいる。あれが孵化基地の指揮官だとしたら、どんな姿でもとれるのだろう。ただ、ダヴはその点を深く考えなかった。かれの注意は岩の稜線をこえて姿を見せた獣にすべて集中していた。

体長一・二メートル、体高六十センチメートル、横幅は八十センチメートルくらい。なめし革のような皮膚はブルーグリーンで、テルコニット鋼のようにきらめいている。大きな口ととてつもなく強力な後肢はカエルを思わせた。だが、ブルーに輝くふたつの大きな複眼を見ると、そんな比較も消し飛んでしまう。

オクリルだ！

ダヴは恐怖に震えた。獣が大きく口を開け、短剣をならべたような歯の奥に、巻きとられた真っ赤な舌が見えた。喉の奥から低いうなり声が響く。

「なにをためらっている？」と、１＝１＝ヘルム。

爆発のようなしゃっくりがダヴのからだを震わせた。オクリルがかれを見つめている。オクストーン人にはその視線が、獰猛で貪欲で血に飢えているように思えた。口がさらに大きく開き、舌が半メートルほど垂れさがって、またゆっくりと巻きとられた。

ダヴは歯を食いしばり、なんとか硬直を解いて、操り人形のようにぎくしゃくと前進した。一歩一歩、オクストーンの風景のレプリカと、オクリルに近づいていく。

〈ギフィ・マローダーのプシ兄弟よ、助けてくれ！〉かれはまたしゃっくりの発作に見舞われた。オクリルが跳躍の体勢をとる。

プシ兄弟から返事はなかった。

裏切られ、見捨てられた気分だ。背を向けて逃げだしたいが、オクリルがもっとすばやく跳びかかってきそうで、それもできない。

かれは情報ヴィデオで見た映像を懸命に思いだした。それによると、オクリルを飼いならすオクストーン人は特殊な訓練を受けた調教師ばかりではないらしい。この獣の美しさを賞讃し、共感をしめす者たちもまた、オクリルを手なずけていた。

だが、たちまち自分を引き裂くことができる相手に、どう共感しろというのか？

オクリルが緊張を解いた。跳びかかってくる気はなさそうだ。ゆっくりと近づいてくる。その目が短い間隔で、ブルーから黒に、またブルーにと変化する。舌が音をたてて引っこむ。

スタリオン・ダヴは死んだ。

すくなくとも三度、想像のなかでだけ。オクリルはもう目の前だ。

そのとき突然、ダヴの恐怖が消え去った。三度も死んだ以上、死はもはや恐怖ではない。どうでもいいことだった。

ふいに、オクリルの姿がありのままに見えるようになる。すばらしく鍛え抜かれた肉体のなかの気高い精神。その美しい目はふたつの底知れぬ湖のようで、そこに人間の魂がひそんでいる……

ダヴは本人も気づかないまましゃべりつづけていた。その声の響きには、かれの魂がオクリルの目の奥底から読みとった感覚が反映していた。

鋼のようにかたい獣のからだが緊張を解いた。巨大な頭がオクストーン人に近づく。鼻がかれのてのひらに押しつけられた。

ダヴはオクリルがよろこぶとされるかけ声を思いだした。「ヒーゥ！」ささやくように……次いですこし大きく、「ヒーゥ！」

オクリルがしずかに鼻を鳴らす。

ダヴは安堵とよろこびにすすり泣いた。ほかのどんな生物にも感じたことのない共感をおぼえ、驚きを感じる。オクリルとのあいだの障壁が破れたのはわかったが、まだなにかがたりない気がした。

オクストーン人の調教師とオクリルのあいだには、確固とした友情が形成されるか、なんのつながりもないかのどちらかしかない。

調教師の側からは、この友情を明確なかたちで表明する必要があった。ダヴは記憶を総ざらえしたが、手がかりは得られない。

「ヒーゥ！」とりあえず声をかけたが、それでは不充分だとわかっている。

オクリルが不安そうに身じろぎし、力づけるようにかれを見る……そのとき、なにをすべきかがわかった。

名前をつけるのだ！

泣き笑いしながらてのひらをオクリルの鼻に押しつけ、大声でいう。

「ヒーゥ、ペルーズ、ヒーゥ！」

ペルーズは後肢で立ちあがった。巨大な前肢をそっとダヴの肩に置く。後肢の鉤爪が岩をたたいた。

一瞬、オクストーン人は獣の目のなかに、かすかな魂を見たような気がした。ギフィ・マローダーのプシ兄弟が発するÜBSEF定数の振動を。だが、思いこみかもしれない。ダヴは笑みを浮かべ、そんな考えを頭から振りはらった。

オクリルの大きな頭に手をのせ、顔をあげて勝ち誇ったように1＝1＝ヘルムに呼びかける。

「いつでもいいぞ。全力でかかってこい、1＝1＝ヘルム！　ペルーズとわたしは無敵だ！」

＊

「きみに期待することはただひとつ」孵化基地の指揮官がいった。「スーパー戦士のプロトタイプをつくりだす役にたつことだ。では、戦え！」

あたりが暗くなった。

ダヴは地面が揺れているような、周囲のすべてが崩壊して再構成されているような印象を受けた。実際、そうなのだろう。孵化基地が原物質でできていて、1＝1＝ヘルムにその原物質を随意に操作する力があるなら、基地全体の構造を変化させることもできるはず。

だが、今回、ダヴに恐怖はなかった。もうひとりではなかったから。たがいに気づかい合う友ができたのだ。

「ヒーゥ、ペルーズ!」かれはそういってオクリルの口をたたいた。相手がテラの牛だったら、頭蓋骨が粉砕されていただろう。ペルーズはそれをオクストーン流の愛情表現と感じ、鼻を鳴らした。

夜が明けた。ブルーグレイの雲が点在する空をサーモンピンクの光が照らしだす。その下には植物の乏しい乾いた岩の大地が、濃淡さまざまなグレイ一色でひろがっていた。右手には地平線の彼方まで絶壁がつづき、そこに無数の洞窟が口を開いている。

ペルーズが警告するような声をはなった。

「探知結果をすべてヘルメット内に出せ!」ダヴはセランのコンピュータ・システムに指示し、「おちつけ、ペルーズ!」と、声をかけた。外側スピーカーから聞こえたので、オクリルは自分のことをいわれたとわかっている。

ダヴは集中して、ヘルメットの正面内側に表示された探知データを見つめた。走査機はハイパーエネルギー放射の高い場所をしめしている。ただ、それらはどれも弱く、あちこちに分散していて、出どころを推量することはできない。

一方、オクリルの感覚はもっと鋭いようだった。ダヴの手をはなれ、興奮したようすで跳ねまわっている。ペルーズは口を大きく開き、真っ赤な舌を五メートルも伸ばして、絶壁の中央部分をさししめした。

ダヴは思いだした。オクリルはスーパー赤外線シュプーラーで、過去の事象の熱性シュプールを見ることができるのだ。そのパートナーあるいは主人は、本人とオクリルの両方が適切な脳波増幅装置を脳内に埋めこめば、この感覚を共有できる。

そのとき、かれの脳内にまばゆい閃光がはしり……周囲のようすに重なるように、ぼやけた半透明の像が見えるようになった。

最後に深い眠りについたとき、脳波増幅装置を埋めこまれたのだろう。

あれはペルーズとわたしなのか？　ダヴは半信半疑で、岩だらけの大地を移動するセラン防護服姿の人影とオクリルに目を凝らした。

ペルーズはうなり声をあげ、じゃれるようにかれに跳びつくと、鼻を膝頭に押しつけた。ダヴは押し倒されそうになった。ともあれ、オクリルが伝えたいことはわかった。あれが自分たちであるはずはない。ずっとこの場に立ったまま、移動してはいないのだから。

ダヴは赤外線がとらえた映像の重要性に気づき、怒りの叫びをあげた。

「いんちきだ！　敵もオクリルを手に入れたなどとは聞いていない」

「だからなんだ?」1＝1＝ヘルムの声がした。「すくなくとも戦力が同等でなければ、戦う意味はない。自分とペルーズは無敵だといったとき、きみも気づいていたはず。きみたちが無敵なら、このあとの戦いは見当はずれになってしまう。きみが戦わずに降参したりしないことを願うよ、スタリオン・ダヴ。ま、当面はまだ勝てるはずだ」

オクストーン人は眉根をよせた。

孵化基地の指揮官の言葉に違和感をおぼえたのだ。どこがおかしいのかはわからなかったが、それは重要なことだと思えた。

だが、いまはそんなことを考えている場合ではない。ペルーズは絶壁に向かって百メートルほど走り、いきなり足をとめた。

かれのメンタル受信機が脳内にうつしだす〝三次元フィルム〟のなかで、オクリルを連れた敵がなにかちいさな、金属光沢のあるこぶし大のものを、岩のあいだの干あがった河床に埋めるのが見えた。

地雷だ!

〈動くな!〉ダヴはオクリルに指示を送った。

だが、ペルーズは気にしていないようだ。首を左右に振って、すこし前に敵とそのオクリルがのこした熱の痕跡を赤外線過去視能力で探っている。空気や岩の分子は体温のある肉体が近くにくると動きが活発になり、肉体がその場からはなれたあとも、しばらくは動きの活発な分子が残留し、赤外線で見ると、それが周囲の分子よりも明るく見えるのだ。もちろん、たとえば嵐がきたりすればこの痕跡は乱されてしまうが、ごくわずかな痕跡でも、オクリルの脳内で認識可能なパターンに再構成できる。

しばらくすると、敵がどんな地雷を設置していったのかが判明した。テラの兵器で、〝エモシオ共振増幅地雷〟と呼ばれるものだ。知性体がこの地雷の棒状センサーに触れるほど近づくと、感情がいきなり増幅され、精神が瞬時に麻痺してしまう。犠牲者は戦闘不能におちいり、その場に放置されるか、捕虜にされることになる。麻痺は五時間ほどで解け、精神的・肉体的な後遺症はのこらない。人間を対象にした兵器だ。

だが、ダヴは敵が自分を一時的に戦闘不能にするだけで満足するとは思えなかった。こちらが動けなくなったり、敵の前でミスをおかしたりすれば、すぐさま殺そうとするはず。

もし、逆の状況なら……

ダヴは驚愕した。およそするはずのないことを、自分が考えていたから。自分なら、無防備になった敵を無慈悲に殺したりはしないと思ったのだ。戦争エレメントの影響下にあるなら、そう思うはずはない。もはやエレメントの影響を受けていないわけで……

かれはその状態がつづくことを願った。

たとえフェアな戦いであっても、敵を殺したくなかった。死にたくないから戦いはするが、自分の命を守りながら、できるかぎり敵の命も守りたい。

残念ながら、最近はこの原則を守れずにいたが、それは戦争エレメントのヒュプノ性のささやきでかれを駆りたてた、1＝1＝ヘルムのせいだとわかっている。

孵化基地の指揮官に対する熱い怒りが大波のように打ちよせ、殺意を目ざめさせた。いまこの瞬間、1＝1＝ヘルムを殺す機会が目の前にあったら、かれは躊躇しなかっただろう。

ダヴはぞっとした。はげしい怒りがおさまっても、そこには認めたくない事実があった。魂の表面は平和主義者でも、その下では昔ながらの殺意が煮えたぎり、いつ敵を殺してしまうかわからない。

かれは両手を握りしめた。

「われわれはまだ、宇宙的な進化の階梯(かいてい)のなかで、こんなにも低い段階にとどまっているのか？」思わずそう問いかける。「道はまだこれほど遠いというのに、ほかの知性体を裁くことなどできるのか？　自分たちこそ善だと信じるのは、傲慢ではないのか？」

「なんとおろかなことを、スタリオン・ダヴ！」1＝1＝ヘルムの声がいった。「自分の信じる善のために戦うことに、価値があるかのように。自分の得のためにこそ戦うべきだ」

オクストーン人はその言葉でわれに返った。

「いずれわれわれの収支を比較してみよう！　そうすれば、どちらが重要かわかるはず。わたしのほうがましだとはかぎらないが、ましになるよう努力しよう」

かれはオクリルに向きなおった。赤外線過去視能力のおかげで、地雷をすべて避けながら敵とそのオクリルを追跡することができる。シュプールはいくつもの洞窟が口を開いた絶壁の、なかでもいちばん大きな洞窟につづいていた。

ダヴは洞窟に入ろうとしたペルーズを呼びもどした。罠があるかもしれない。かれは二百メートルほどはなれたべつの洞窟に入った。たぶん内部で複雑につながっていると思ったから。実際、そのとおりだった。現在と過去を見ることができるオクリルの案内で洞窟内を進み、ひろい空間に出る。

ダヴは最大限の注意をはらって罠を探したが、ひとつも見つからなかった。かわりに見つけたのは、敵とそのオクリルだ。ダヴのクローンはオクリルに引き裂かれていた。だが、かれは死ぬ前にＳＴＯＧ酸ニードルをガス銃で撃ちこんでいて、オクリルも苦しんだすえに絶命している。

ダヴは嘔吐した。

そのあとかれは洞窟を出て、混乱している思考と感覚をなんとかはっきりさせようとした。ペルーズも主人の苦悩を感じとっているようで、二十メートルほどあとをついて歩きながら、ちいさく鼻を鳴らしている。

なにがいちばん衝撃的だったのか、ダヴにはよくわからなかった。自分のクローンの死なのか、オクリルの死なのか。ただ、その二体の運命に罪悪感をおぼえたのはたしかだ。どちらもただの有機ロボットだったとはいえ、自分がオクリルをもとめなかったら、1＝1＝ヘルムは敵にオクリルをあたえることなど考えなかったはず。クローンが殺されることも、オクリルが苦しんで死ぬこともなかっただろう。

ダヴはかぶりを振った。

考え方がどうかしている。悪いのは孵化基地の指揮官だ。こちらに戦いを強い、クローンたちと二頭のオクリルをつくりだしたのだから。

ダヴはそこまで考えて、横目でひそかに自分のオクリルを見やった。洞窟で死んでいたオクリルとの違いは見られない。ペルーズは生きているというだけだ。二頭のオクリルがちいさなしわまでそっくりなのは当然だった。どちらも同じDNAコードからつくられているのだ。1＝1＝ヘルムがわざわざべつのDNAコードを用意する手間をかけるとは思えない。

だったらなぜ、敵のオクリルは主人を殺したのに、ペルーズは自分になついたのか……まるで、殺意の象徴ではなく平和のシンボルのハトみたいに？

自分とペルーズのような共感関係を、敵は築けなかったから？

ダヴはゆっくりとうなずいた。

きっとそうだ。共感や好意といったものを、肉体的な特徴や能力のようにクローン化することはできない。

ペルーズを見て、笑みを浮かべる。謎が解けてほっとした……が、すぐにそれが部分的な答えでしかないことに気づいた。

ペルーズもまた原物質からつくられたクローンであり、人工的なパラメカ性の自意識と合成された本能しか有していない。共感や好意といった感覚を持つことはできないはず。

オクリルが鋭い音をたて、ダヴははっとした。次の瞬間、ペルーズが跳びかかってくる。防御体勢をとる間もなく、獣はかれの足もとに着地し、後肢で立ちあがり、前肢をかれの肩にかけた。

ダヴは膝をついた。重かったのではなく、安堵のせいだ。かれは思わず身を乗りだし、オクリルの鼻面（はなづら）をなでた。

「一方が相手に強い感情をいだくだけでいいのかもしれない」と、声に出して考える。「だが、それだけではなさそうだ。どうやってか、プシ兄弟が一枚噛んでいるような気がする」

できるだけ早く実際にプシ兄弟に会ってみたかったが、そこにいたるまでの困難を過小評価する気はない。それでもペルーズといっしょなら、きっと克服できるだろう。

9

周囲が一瞬ごとに暗くなり、スタリオン・ダヴは自分の手さえ見えなくなった。メンタル受信機を使ってオクリルの赤外線過去視能力を共有しようとしたが、なにもキャッチできない。

やがて、1＝1＝ヘルムがまたしても原物質の環境を再構築したことに気づいた。

「なにをする気だ？」かれは叫んだ。「もう戦ったり殺したりしたくない」

だが、返事はない。ダヴはオクリルを手探りし、その頸に手を置いた。荒々しいのに死んだような環境のなかで、ほかの生命体の存在を感じようとして。

あたりがゆっくりと明るくなる。それでも最初のうちは近くのようすがわからず、遠くになんらかのエネルギーが発する〝雷光〟が見えただけだった。それが目から脳に伝わり、思考シンボルがイメージとしてあらわれる。

ダヴはうめいた。

ペルーズが低くうなる。

雷光が消え、周囲が明るくなってきた。ほぼ白一色の空の下、黒いクリスタルが縦横に交差する不気味な森がひろがっている。角柱、角錐、四面体、偏菱形、八面体、さまざまなかたちがあり、最小でもタクシー・グライダーくらい、最大のものはテラニア・シティの居住棟くらいある。

突然、オクリルが咆哮し、大きく跳躍した。その姿がたちまち黒いクリスタルのなかに見えなくなる。

「ペルーズ！」ダヴは叫んだ。「ヒーゥ、ペルーズ、ヒーゥ！」セランの外側スピーカーがその声を遠くまで響かせる。

ペルーズがもどってこないとわかると、ダヴはパニックにおちいり、飛翔装置の緊急スイッチを押した。多機能ブーツの外側のメインエンジンノズルからブルーのジェットが噴出し、かれは高速リフトのような速度で上昇した。

眼下を見わたしてもペルーズの姿は見あたらない。なんとも腑に落ちなかった。まだ近くにいるのはたしかなのだ。

突然、見られているのを感じた……上方の、クリスタル世界をつつみこんでいる原物質の泡の外から。

「1＝1＝ヘルムか？」と、呼びかける。

返事はない。

オクストーン人はいきりたった。セランのコンピュータに命じて外側カメラを作動させ、可視光と赤外線と紫外線領域で空を順次観測して背景光をとりのぞき、その結果をヘルメット内部に表示させる。かれ自身は高度五百メートルで静止したままだ。

しばらくすると、透明なヘルメットの前面にぼんやりときらめく宇宙レンズの像があらわれた。その向こうではふたつの異なった、グロテスクに変形した姿がうごめいている。

ダヴは外側マイクロフォンの感度をあげ、音声センサーをレンズに向けた。

「……銀河系の惑星オクストーンの出身で」かろうじてそんな声が聞きとれた。「とてつもない……」その声が甲高い笛の音のようなものにかき消される。

たぶん、盗聴されていることに気づいて、自動妨害装置が作動したのだろう。ダヴは思わず相好を崩した。孵化基地の指揮官がわたしのことをだれかに紹介し、自慢している。なにをいおうとしたのか、想像するのはむずかしくなかった。〝とてつもない戦士だ〟だろう。

だが、1＝1＝ヘルムはわたしではなく、おのれがつくりだそうとしているクローンを自慢しているのだ。ダヴはそのことに気づき、暗い表情になった。アニン・アンが話している相手は十戒の指揮エレメント、カッツェンカット以外には考えられない。

つまり、1＝1＝ヘルムはカッツェンカットに、オクストーン人戦士の群れを使うことを提案している。その力を借りて平和な世界を征服するつもりなのだ。

急いでペルーズを探しだし、孵化基地の指揮官の計画を阻止する方法を探さなくてはならない。かれはいらだたしげに多目的アームバンドの時刻表示に目をやり……驚いて眉根をよせた。

数時間前にはNGZ四二八年二月四日だったのに、いまは四二八年二月十日になっている！

ダヴは目眩を感じた。

説明がつかない……ただ、1＝1＝ヘルムが孵化基地の原物質を操作し、いまかれが見ているように環境を分解して再構成すると、通常の時間の流れも変化するのかもしれなかった。

ここで出会う現象に完全に科学的な説明はつけられないと考え、納得するしかない。とりわけ、孵化基地のような非現実的な環境においては。

クリスタル世界ではげしいエネルギー爆発があり、かれは現実に引きもどされた。爆発のあった周囲を全可視光領域で調査するよう、外側カメラに指示。同時に左手をベルトのマグネット錠の上にある〝ピアノ鍵盤〟に置いた。これは高感度センサー群で、セラン着用者の指先の神経インパルスにのみ反応し、マイクロコンピュータを通じて飛翔装置を制御できる。

ダヴは降下すると同時に、大きく右にまわりこんだ。そのあいだにサーヴォがカメラのとらえた映像を表示する。オクストーン人は思わず身をかたくした。

眼下の巨大な黒いクリスタルのあいだで、ペルーズが単身、一オクストーン人とオクリル二頭を相手に戦っていたのだ！

＊

ダヴは速度をあげ、敵の背後にまわりこんだ。相手を無意識に敵と考えたことに驚きはない。ペルーズを攻撃している以上、敵でしかありえなかった。

オクストーン人のクローンが、ペルーズがいると思った場所に向かって発砲。ダヴは上から見ていたので知っているが、ペルーズはとっくに場所を移動していた。

クローンが立ちあがって銃撃すると、ペルーズも顔を出し……空中に向かって真っ赤な舌を撃ちだした。舌は一メートルほど伸びただけだったが、それで充分だ。先端からまばゆい熱線が放射され、敵のセランの外装の一部を焼き切る。クローン自身は無傷だったが、方向感覚を失い、武器をインパルス銃に設定して、周囲をでたらめに撃ちまくった。

一発はペルーズをかすめたが、たいした損傷ではない。べつの一発は敵のオクリル二頭の片方に命中した。致命傷だったが即死にはいたらず、獣は狂ったように暴走し、クローンに突進して押し倒した。ダヴはコンビ銃でそのオクリルの脳を撃ち抜いた。

もう一頭の敵オクリルは低空で接近してくるダヴに気づき、かれに向かって舌を撃ちだした。ダヴはそれを予測していて、とっさによけることができた。

「やめろ、ペルーズ！」かれはペルーズが敵オクリルに突進するのを見て叫んだが、とめられないことはわかっていた。ペルーズは主人を助けにきたのだ。イルカ並みの知性があることを考えれば、そうとしか思えない。

押し倒されたダヴのクローンは、ベルトのマグネット・ホルダーからマイクロ爆弾をとりだした。

ダヴはそのすぐ背後に迫っていた。飛翔装置を操り、敵のセランの焼け焦げた部分を背後から両足で一撃する。敵は前のめりに倒れ、マイクロ爆弾が手から落ちて、立っていた黒いクリスタルの立方体の表面を転がっていった。

ダヴはそれをキャッチし、歯のあいだから息を吐きだした。核子爆弾だ。〝自発核融合〟および〝最大威力〟にセットされている。ほぼ千キロトン規模の爆発が起きることになる。さいわい、まだ安全ピンは抜かれていなかった。

ダヴは爆弾を〝不発〟にセットしなおして収納し、うつぶせに倒れているクローンのようすを見た。からだを引っくり返し、ヘルメットを閉じてみる。気密性は失われていないようだ。いわゆるメモリー効果は生じていない。

クローンが咳きこみ、その顔にゆがんだ笑みが浮かんだ。ダヴは相手がヴァイブレーション・ナイフに伸ばした手をつかみ、ねじりあげた。武器が地面に落ちる。かれはそれを蹴りのけた。

「降伏しろ！　きみの負けだ。だが、だからといって死ぬ必要はない。われわれ、友になれるかもしれない」

相手はわけがわからないという顔でかれを見たあと、すぐに大声でうめき、硬直し、ぐったりとなった。目がうつろになる。

「あんたのしわざだな、1＝1＝ヘルム！」ダヴは憎しみの声をあげた。「このクローンを道具として酷使し、役にたたなくなったら殺害回路で処分した。報いは受けてもらうぞ！」

「ばかなことをいうな、スタリオン！」全方位から同時に、孵化基地の指揮官の無感情な声が響いた。「きみなどわたしにくらべたら、銀河系全体に対する一片の埃のようなものだ！」

ダヴはゆっくりとからだを起こした。

「そのとおりだ。だが、それならどうしてわたしとペルーズよりも強いクローンがつくれない？　あんたも全能ではないということ」

「たしかにその問題は解決していないが、どうということはない。たんに時間の問題だから。きみのオクリルもクローンだが、製造過程でなにかがあったようだ。それが記録にのこっていないため、その後のクローンでは再現できていない。オクリルといっしょにそこで待っていろ！　ペルーズを解剖し、調べてみるから」

ダヴは頭を殴られたような気がした。

「解剖だと？　ペルーズを？　あんたにはわずかな礼儀も倫理もないのか？　この高貴な動物をばらばらに切り刻むなど！」

「ばかげたことを！」1＝1＝ヘルムが冷酷にいう。「その獣が高貴だとしたら、それはわたしの遺伝子工学の手腕のおかげだ。ほかに守るべき価値はなにもない。ただ、それを特別なものにしているなにかだけは見つけだしたい。すべてのオクリルに適用できるように」

「ペルーズを殺したら、あんたは謀殺犯だ！」ダヴが興奮して叫ぶ。

「きみにわたしをとめることはできない！　とにかく、オクリルといっしょに待っているのだ！」

オクストーン人は眉をひそめた。1＝1＝ヘルムがオクリルといっしょに待っていろといったのは、これで二度めだ。そもそも、いつになく饒舌だった。いつからあんなにしゃべる必要が生じたのだ？

「どこにいる、1＝1＝ヘルム？」と、叫ぶ。

1＝1＝ヘルムから反応はなく、ダヴの表情が明るくなった。孵化基地の指揮官はなにか問題をかかえているにちがいない。そう考えないと、さっきの態度といまの沈黙の説明がつかなかった。だが、その問題がかたづいたら、またこちらに関わってくるだろう。

ペルーズのこともあるから。

ダヴはオクリルを手招きした。

「1＝1＝ヘルムはおまえを解剖しようとしている」と、切迫した調子で語りかける。「なんとしても防がないと。この孵化基地から脱出するチャンスはあるはず。とにかく中央ペド転送機にたどり着かなくてはならない。時間はかぎられている。行こう！」

平手でオクリルをたたく。

「ヒーゥ、ペルーズ、ヒーゥ！」

ペルーズは鼻を鳴らし、どこに行くつもりなのか、向きを変えてクリスタル世界を急ぎ足で進みはじめた。

ダヴは左手を飛翔装置の操縦センサーに置き、オクリルを追って飛び立った。白い空が暗くなり、半透明になった。えたいの知れないなにかの向こうに、ぼんやりしたパターンが見えてくる。そのあいだをくりかえし閃光がはしり、ダヴの意識に悪夢めいた幻影を見せた。

オクストーン人はパニックにおちいりそうになった。わけのわからないことを口ばしり、ヘルメットの前面に去来するプロジェクションをとまどいながら見つめる。かれはうめき、なんとか精神の均衡をたもとうとした。

突然、オクリルの親密な顔が幻影の横にあらわれた。ペルーズは鼻面でかれの右脇腹を押し、うながすような声をあげ、ふたたび進みはじめる。

「ヒーゥ、ペルーズ！」スタリオン・ダヴはあらたな希望をもってささやいた。「いい子だ！」

宇宙巨人の覚醒

H・G・エーヴェルス

1

スペクトルのあらゆる色に輝く上位次元エネルギーの巨大球がはげしく脈動し、五つの人影を吐きだしてしずかになった。

その周囲に地獄が展開する。宇宙はなかば物質、なかばエネルギーでできた、何層にも重なった巨大な泡だった……が、一瞬ののち、牙と鉤爪と毒腺をそなえ、食べたものをやすやすと消化してしまう胃袋に変わっていた。

食べたものではなく、あえてそこに踏み入ってきた者たちでも同じことだ。

タウレク、ヴィシュナ、エルンスト・エラート、ラス・ツバイ、イルミナ・コチストワの五名である。孵化基地の原物質の泡にのみこまれたのではなく、鹵獲したペド転送機とその制御モジュールの助けで、遠距離宇宙船《バジス》から〝エレメントの十戒〟の基地のひとつに送りこまれたのだが。

「待て！」

タウレクの声に、エラートはコンビ銃をおろし、問うような視線を声の主に向けた。

コスモクラートは背筋をのばして立っていた。物質の泉のこちら側では、かれは身長一・八二メートルの人間の男の姿をしている。引き締まったからだつきで、赤錆色の髪にそばかすのある顔、目は肉食獣のような黄色だ。ただ、その奇妙な衣服だけでも、かれがテラナーでないことはすぐにわかる。シャツとズボンと上着を組み合わせた衣服で、銀色からメタリックブルーまでの色合いの長方形の小プレートを、チェーン・ステッチのような縫い方で綴り合わせてつくられている。

タウレクが左手をあげると、その衣服がさらさらと謎めいた音をたてた。

「進め！」ツバイの声がエラートのセラン防護服のヘルメット・テレカムから聞こえた。

メタモルファーの口もとにかすかな笑みが浮かんだ。きらめくガラスマーブルの目に幽玄な光がちらつく。

タウレクが右手で幅広のベルトからかすかに光る立方体をとった。ひとつの面に窓のようなものがある。

コスモクラートはしずかに立方体をてのひらにのせた。数秒後、おや指大の物体十二個が〝窓〟から出現し、全方位に展開。五名に対する明らかな敵意を見せている、巨大な泡から生じた相手にとりついていく。

エラートにとっては、はじめて見る光景ではなかった。タウレクが〝兵舎〟と呼んでいる立方体は以前にも目にしている。おや指大の物体十二個はたちまち大きくなり、十二体の戦闘ロボットになった。周囲からエネルギーと物質を吸収し、必要に応じてさまざまな形状と機能を実現する。

「原物質だ」戦闘ロボットと精神的につながっているらしいタウレクがいった。

蒸気があがった。

この数秒でヘビのように近づいてきていた、孵化基地の原物質でできた触手のようなものが数十本、ざわざわと後退する。戦闘ロボットがとりついた触手は後退できないようだ。逃げようとして破裂し……黄色い蒸気を噴きだしている。

熱線が命中し、雷鳴のような音がとどろいた。タウレクはわずかのあいだ、まばゆく渦巻く光輪にかこまれた。だが、かれをつつみこむ暗赤色のバリアは持ちこたえた。

戦闘ロボットがテラのシフトほどの大きさになり、とりついていたものからはなれて反撃にうつった。銀色に光る卵のようなかたちで、十種類以上の異なるエネルギー兵器を発射できる。反重力フィールドに乗ってすばやく移動し、暗赤色のバリアで防御も万全だ。

原物質の触手は直前に撤退を開始していたが、まにあわなかった。たちまち消滅させられていく。だが、いつのまにか独特な無色の原料がかたちをとりはじめた。多足の、疑似知性を有する戦士が、やはり原物質からつくりだされたエネルギー兵器をかまえて前進してくる。大規模攻撃をかけるつもりらしい。その隊列のあいだや後方に、ロボットと飛翔戦車もくわわった。

エラートの目がヴィシュナを探す。

女コスモクラートはタウレクから二十メートルほどはなれた場所に立っていた。やはり暗赤色のバリアに守られている。どんな武装を使用しているのかは知らないが、彼女もタウレクと同じように、プシオン性のものも技術的なものもふくめ、あらゆる攻撃・防御手段を利用できる。通常の生命体はかれらに傷をつけることもできないだろう。ただ、原物質でできた戦士たちは通常の生命体ではなく、エレメントの十戒が操る存在だった。

エネルギーの奔流は心理的にも耐えがたい。タウレクの戦闘ロボットたちは大量の疑似物質を破壊しつづけ、毎秒ごとに多くの敵をかたづけていった。だが、敵の優位が大きすぎる。百体を倒しても、千体をあらたに投入してくるのだ。遅かれ早かれ戦闘ロボットの破壊能力が追いつかなくなり、制圧されてしまうだろう。

そのとき、疑似生命体の攻撃が停止した。動きが鈍くなり、方向を見失ったようになる。まわれ右して後方の疑似生命体と衝突するものも多かった。

エラートはイルミナに賞讃の視線を送った。彼女はかさばる設備の一部を搭載した反重力プラットフォーム上のやや後方にうずくまり、キルギス系の特徴ののこる浅黒い顔を緊張させて、極度に集中していた。

イルミナはメタバイオ変換能力者だ。生命体に手を触れることなく、その細胞を変成させることができる。ふだんは医療に使っている能力で、悪性腫瘍(しゅよう)をもとの細胞にもどしたり、正常な細胞に変化させたりしていた。

だが、この能力は必殺の武器にもなる。いまがそうだ。疑似物質はほんものの細胞ではないので直接的なダメージはあたえられないが、それが生命体になった瞬間、能力が効果を発揮する。

間近でくぐもった爆発が起き、エラートは思わず首をすくめた。白熱した金属片が周囲に飛び散り、かれが着用しているセラン防護服のパラトロン・バリアに触れて、たちまち消滅する。

イルミナもセランを装着し、パラトロン・バリアを展開していた。ラス・ツバイも同様だ。かれはまだ行動にうつらず、反重力プラットフォーム上でイルミナの反対側にしゃがんでいる。

エラートは透明なヘルメットの前面に見える走査・探知情報に目を凝(こ)らした。セランのベルトにとりつけた、超光速で作動する特殊装置が表示するものだ。層空洞反響測定機という装置で、設計者の名前にちなんで〝サルネック〟とか〝サルネック層測定機〟

とか呼ばれている。

ペド転送機をくぐって以来、この装置は役にたつ結果を出していなかった。それがようやく上位次元エネルギーの妨害から立ちなおったらしく、明確なデータを出力してきた。

メタモルファーは唇を引き結んだ。

そのデータは孵化基地の範囲と構造を知るうえで、きわめて示唆に富んでいた。また同時に、小グループが持参した装置でこの十戒の基地をかんたんに調査できるという希望を打ち砕くものでもあった。

サルネックのしめすデータが正しいなら、孵化基地は太陽系の木星とほぼ同じ大きさがあり……質量はテラ型惑星の標準くらいだった。質量の大部分は原物質だろうから、戦士や武器や戦闘マシンにかんたんに変化させられる。逆にいえば、五名では長くは対抗できないということ。反物質爆弾で自分たちごと孵化基地を破壊して、問題を解決すればべつだが。

エラートはヘルメット間通信で仲間にこのことを告げ、こうつけくわえた。

「ただ、ラスのおかげでべつの手が使える。全員いっしょにテレポーテーションすれば、十戒がここに軍団を送りこんでもむだ足になる。べつの場所でも同じことだ。われわれは時間を稼いで、空気をむだにせず、作戦を遂行できる」

「了解だ」タウレクがちらりとヴィシュナに目をやってから答えた。

「では、こっちにきて、手をつかんでくれ！」反重力プラットフォーム上にしゃがんでいたツバイがいった。

　イルミナがプラットフォームの反対側から手を伸ばし、テレポーターの手を握る。エラートは微笑した。イルミナがツバイの手をいつもより強く握り、テレポーターも同じように握り返したのに気づいたから。

　タウレクとヴィシュナも急ぎ足でツバイに近づく。コスモクラートの戦闘ロボットもすばやくもどってきた。そのとき、エラートは急に足をとめた。

　左のほうから地上を這うように薄い霧が近づいてきていることには気づいていたが、とくに気にしてはいなかった。だが、いまになって、孵化基地に霧など出るはずがないことに思いいたったのだ。すくなくとも気象現象ではない。そのときはもう、ほとんど手遅れだった。〝霧〟が三方からツバイに迫り、かたちのない平面的なプラズマ塊がすくなくとも一万平方メートルにひろがって、音のしない波のように、テレポーターと周囲の者たちをつつみこんでいく。

　エラートは跳びのき、大きな弧を描いてコンビ銃を反重力プラットフォームのほうに投げた。つづいてサルネックをほうりだす。そのふたつだけは、メタモルファーの装備のなかの〝異物〟だから。

エラートのからだとセランが瞬時に無数のヴィールスに分解した。粉塵が舞いあがるように、ヴィールスの雲がふくれあがり、プラズマ塊の上にひろがり、舞い落ちる。

エラートはヴィールスの力でプラズマ塊の制御を奪いながら、ツバイたちが不安そうにあちこち駆けまわり、タウレクの戦闘ロボットのあいだから敵の軍勢を攻撃しているのをぼんやりと認識した。敵は四方八方から殺到してくる。

ただ、ツバイたちはプラズマ塊を攻撃しようとはしていない。エラートがヴィールスに分解したのを見て、そのからだがどうなったか想像がつくからだろう。ヴィールスはエネルギー兵器の攻撃でかんたんに破壊されたりはしないが、それでも危険を冒すつもりはないということ。

それもエラートの狙いのひとつだった。

ヴィールスの高度な感覚で、巨大プラズマ塊がたんなるプラズマではなく、プシ物質の代用品であることはわかった。それでなにをするつもりなのかは推測の域を出ないが、敵がこの武器を両コスモクラートに向けてきた以上、かれらを無力化するか、殺すのが目的だろう……コスモクラートにとって〝死〟とは、たんにこの場の局所的存在が消えるだけで、本体は物質の泉の彼岸にもどるだけのことではあるが。

プシ物質の代用品がヴィールスに抵抗をしめしたことで、エラートの疑念は確信に変わった。抵抗は荒々しく強力だが、分散して侵攻してくるヴィールスには対応できない。

ヴィールスがくりだしてくる自己破壊命令を防ぐので精いっぱいだ。プラズマはなんとかして一体性をたもとうとしたが、それができないとわかると、半物質の霧にもどろうとした。だが、それもヴィールスに命令を上書きされ、うまくいかない。プラズマにのこされた手段は、無数の小片に分散することだけだった。

エラートはすぐさまプシ物質の代用品からはなれ、セランを着用した〝ふつうの〟肉体にもどった。

数回の跳躍で仲間のもとに急ぐ。

「障害はなくなった！」そう叫んで、ツバイに手を伸ばす。

テレポーターはその手をつかみ、意識を集中して……次の瞬間、周囲の景色が変わった……

2

スタリオン・ダヴは驚いた。センサー群を通じて送っていた制御インパルスに、飛翔装置がいきなり反応しなくなったのだ。かれの意志に関係なく、いきなり数百メートル上昇したかと思うと急降下し、突然に加速したかと思うと、すぐに減速したりする。オクストーン人はたっぷり一分間、なんとか飛行制御をとりもどそうとした。だが、飛翔装置はまったく反応しない。

どこか前方からオクリルの咆哮(ほうこう)が聞こえた。頭上では半透明の空が前後に揺れ、眼下では巨大な黒いクリスタルにおおわれた平原が近づいたり遠ざかったりしている。

透明ヘルメットの前面に脈動する赤い点があらわれた。

「注意、危険です!」セランのコンピュータ・システムの音声サーヴォがいった。「周囲の重力変動がグラヴォ・パックで補正できないほど大きくなっています。パラトロン・バリアの展開を推奨します」

ダヴは大きな笑い声をあげたが、ななめ下方に高層ビルのような巨大クリスタルが見えると、笑うのをやめた。それが突然のびあがり、現在の軌道の先に立ちふさがる。かれは急いでパラトロン級の個体バリアを張った。だが、セランはななめに上昇し、クリスタルのはるか上方を通過した。

悪態をつき、せめて方角を見定めようとする。ほかにできることはなかった。半透明の空を見あげると、いくつか輝く光点が見えた。それがかれの意識に悪夢のような幻影を投げかける。

なんとかオクリルを発見。ペルーズの状況もましなものではなかった。急激な重力変動に、巨大クリスタルよりひどく翻弄されている。それでもパニックにはおちいっていない。重力がマイナスになってからだが浮きあがると、巨大クリスタルを足場に、一定の方向にやすやすと進んでいく。重力がまたいきなり強くなると、そのとてつもない脚力で、落下していくクリスタルの上を走ったり、べつのクリスタルに跳びうつったりして、埋もれてしまわないようにしている。

「1＝1＝ヘルムのやつめ！」ダヴは憤然とつぶやいた。とはいえ、孵化基地の指揮官がわざと重力変動を起こしているとは考えない。1＝1＝ヘルムがオクストーン人のもくろみをじゃましようと苦労しているせいだろう。

空がすっかり暗くなった。重力はほぼゼロになり、そこから徐々に一Gにあがって、そこで安定した。クリスタル世界に長いうめき声が響いた。

ヘルメット内部の赤い光点が消えると、ダヴは左手を操縦用センサー群に置いた。こんどはグラヴォ・パックが操縦インパルスに反応する。かれは浅い角度で降下し、パラトロン・バリアを切った。

下方の巨大クリスタルも動かなくなる。ペルーズは最後のクリスタルを跳びこえた。その先は原物質の泡の壁にできた門のような開口部だ。

「いいぞ、ペルーズ！」ダヴは外側スピーカーから声をかけた。

オクリルは最後のひと跳びで開口部の前に着地し、振り返って大きく鼻を鳴らした。瞳孔のない目の色が短い間隔でブルーから黒へ、またブルーへと変化する。

ダヴはペルーズのそばにしゃがみ、ヘルメットを開いて息をした。そのさい、〝自分の〟戦争エレメントが脱落していることに気づいた。

「不愉快なやつだったな！」そういって、平手でオクリルの口もとをたたく。

そのあと、あたりのようすをうかがった。

黒いクリスタルの世界がかれとオクリルの背後にひろがっている。そこにはもう興味はなかった。頭上の空は暗いが、ときおり赤く濁った光があちこちでひらめいた。その光は意識に作用し、奇妙に混乱した思考をもたらす。ダヴは光を見つめないよう気をつけた。そうしないと自分がだれで、どこにいるのかも忘れそうだったから。

この危機は開口部の奥でもつづいた。そこは隣りの泡に通じるトンネルで、透明な壁面に混乱作用のある無数の光が踊っている。

ダヴはうめいて、しばらくなかをのぞいただけで背を向けた。

「ここには進めない」と、ひとりごちる。「なかに進んだら、自分ではなくなってしまうだろう」

だれかがかれの膝をうしろから押した。振り返ると、オクリルの複眼がじっとかれを見つめていた。

「ああ、行くしかないのはわかっている」と、硬い口調でいう。「1＝1＝ヘルムから逃れる唯一のチャンスだからな。あいつはおまえを殺し、解剖しようとしている！　そんなことはさせない。この命があるかぎり、わたしがおまえを守ってやる。だが、孵化基地の指揮官から逃げきるには、基地そのものから脱出するしかない。そのためには、わたしをここに送りこんだ中央ペド転送機を発見しなくてはならないんだ」

オクリルが同意するように鼻を鳴らす。

ダヴは大きく息をついた。

「わかった、行こう！　ペルーズ、おまえは光の影響を受けないようだから、先導してくれ……わたしは目を閉じて進む」

オクリルはふたたび鼻を鳴らした。

オクストーン人はその頭に片手を置き、両目を閉じた。

「行くぞ！」

＊

床が揺れている。ダヴは閉じたまぶたを通して、トンネルの壁面に踊る閃光の動きを感じた。だが、ペルーズは確固とした足どりで進みつづけ、道に迷っているわけではないという感覚をもたらした。

すぐにトンネルの交差点に出るのではないかと考えていると、オクリルが急に足をとめた。ダヴは思わず目を開き……やや意外なことに、一ロボットの上半身を見つめていた。

「ただの残骸だ、ペルーズ！」トンネルの外を動きまわる混乱の光に影響されないよう、右手で目をおおう。「進め！」

右足でロボットの残骸を押しのけ、ふたたび目を閉じて、オクリルが歩きだすのを待つ。だが、オクリルは動かず、心を決めかねているような低いうなり声をあげた。

「進め！」ダヴがきびしい口調でいう。

「待って！」かぼそい声が聞こえた。

オクストーン人はふたたび目を開いた。周囲を見まわすが、声の主は見あたらない。

「もう幻聴が聞こえてきたのか」かれは不安そうにいった。「どう思う、ペルーズ？」

オクリルはロボットの残骸を見つめている。真っ赤な舌が四分の一メートルほど伸び、また引っこんだ。

「あれがどうかしたのか？」ダヴはロボットを指さしてたずねた。

「わたしはこのなかよ」またしてもかぼそい声がする。

ダヴは目をまるくした。声はロボットの上半身の発話格子から聞こえていた。

「きみはだれだ？」われに返って、そうたずねる。

「カリコよ」声が答えた。

「カリコ？」オクストーン人は肩をすくめた。「その名前に心当たりはないな。何者なんだ？」

「女のヂャンなの」

ダヴは顔をしかめ、右手をブラスターの銃把にかけた。

ヂャンならば知っている。精神エレメントとして十戒に仕える生命体だ。肉体を持たない精神生命体で、宇宙船にとってさえ危険な存在になる。ハンザ・スペシャリストは警戒した。ただ、ヂャンに性別があるという話は聞いたことがない。

「女のヂャン？　性別があるのか？」

「もちろん！」恥ずかしそうな口調だ。「少女なの。あなたの力強い手で守ってもらいたいわ」

ダヴは思わず、手袋につつまれた自分の手を見つめた。ひかえめにいっても力強いのはたしかだ。保護が必要な相手なら守ることはできる。かれは背筋をのばし、両目を閉じた。閃光が幻影を見せているのだろう。

「わかった、守ってやろう。ここから連れだしてもいいのか、ええと、カリコ？」

薄目を開け、喉の奥で不満げなうなり声を発したオクリルに腹だたしげな目を向ける。

「批判は無用だ、ペルーズ。自分がなにをしているかはわかっている。わたしは女性に助けをもとめられて拒否するような男ではない」

オクリルは小首をかしげ、主人の顔を見あげたが、ダヴは見ていなかった。また目を閉じていたから。

「連れていって！」と、カリコ。

「いいとも！」ダヴが応じる。

手はとっくに銃把からはなれている。かれはロボットの上半身を持ちあげた。それを右肩にかかえあげ、左手で軽くオクリルの鼻面（はなづら）をたたく。

「行くぞ、ペルーズ！　ヒーゥ！」

さらに右手の指でロボットをたたき、

「ところで、わたしの名前はスタリオン・ダヴだ。礼儀のなっていないやつだとは思わないでくれ、カリコ。驚いて、自己紹介を忘れていただけだ……惑星オクストーンの環境適応人はかんたんに驚いたりしないのだが」

「オクストーン？」ギャンがたずねる。「おもしろそうね。それはどんな世界なの、スタリオン？」

ダヴはなぜかお世辞をいわれたように感じた。

「弱者のための世界ではない。なにもかもが極端な環境だ。四・八Ｇの重力、摂氏百度から零下百二十度まで変動する気温、狂乱する嵐と大地震。そこに偶然、宇宙船が難破した人類が住むようになったのだ。ふつうの人間が生きていける条件ではなかったため、オクストーン人は四世代かけて遺伝子を変化させ、その環境に適応した。われわれは小型環境適応人と呼ばれる。肉体的には祖先よりも大柄になったわけではないから。だが、内部的には、われわれの骨や筋肉はメタルプラスティック並みの強度がある」

かれはこぶしをかため、ロボットの上半身にたたきこんだ。

「へえ、強いのね！」ギャンが驚きの声をあげる。「１＝１＝ヘルムだってやっつけられそう」

ダヴはうなずいた。

「やつが目の前に姿をあらわしたら、引きのばして固結びにしてやる」

オクリルが停止して前肢をひろげ、かれはつんのめった。

悪態をついて体勢をたてなおし、獣に怒りの視線を向ける。

「どうしたっていうんだ、ペルーズ？」

　オクリルはダヴの右肩に乗ったロボットの上半身をじっと見つめ、怒りの声をあげてはげしく頭を振った。

　ダヴがおもしろがって笑い声をあげる。

「わかったよ。嫉妬か、ペルーズ。でも、そんな必要はない。だからいい子にして、もうわたしをつまずかせないでくれ！」

　周囲を見まわすと、トンネルの反対側に出たことがわかった。いまいる原物質の泡は、つねに上下に動きつづけるグレイブルーの靄に満たされているようだ。

　オクストーン人はほっと息をついた。

「やっとトンネルを抜けたか。では、どこに向かうかを考えよう」

「1＝1＝ヘルムを探しているの？」カリコがたずねた。

「かならずしもそうではない」ダヴが困ったように答える。「もちろん探しはするが、まずはペルーズの安全の確保だ。あいつはこの子を解剖しようとしている」

「ああ！　かくれ場を探しているのね？」

「ま、そうだ」と、ダヴ。「かくれ場というより、ペルーズを孵化基地の外に連れだしたい。中央ペド転送機を発見できれば、そうむずかしいことではないはず」

「中央ペド転送機の目的地がどこにセットされているかによるわね」ヂャンがいった。

「目的地の変更には特殊な制御装置が必要だから」

「残念ながら、そんなものは持っていない。だが、未知の目的地に出現する危険はしかたがないと思っている」

「十戒のべつの基地に出るかもしれないわ。ほかの基地に行ったことある、スタリオン？」

「いや。だが、聞いたことはある。増強基地と貯蔵基地だ。名前しか知らないが」

「孵化基地は十戒の遺伝子工学センターなの」カリコが説明する。

「ああ、わかっている。1＝1＝ヘルムはわたしのDNAコードからドッペルゲンガーをつくりだし、わたしはそれらと戦ってきた。その後、あいつはペルーズもつくりだした。ほかの基地のことを教えてくれ！」

「増強基地は十戒の武器庫よ」と、ギャン。「孵化基地や貯蔵基地と同じく、大量の原物質でできた、いろいろな大きさの泡からなり、それが透明なチューブでつながっているわ」

「ちょっと待った！」ダヴはギャンの話をさえぎった。「トンネルの外の光の作用について教えてくれ。頭がおかしくなりそうだった！」

「ああ、あれはなんでもないの！」ギャンはそういってちいさく笑った。

オクリルが脅すようにうなり、舌を出し入れした。

「その獣はわたしのことが嫌いみたい！」チャンが驚いてつぶやく。

「心配するな、きみを傷つけたりはしない」ダヴはロボットの上半身を軽くたたいた。

「主人はわたしだから」

オクリルは大きな口をゆがめ、まるでいたずらな笑みを浮かべたような顔になった。

そのあとはげしく頭を振り、是認できないというようにロボットを見つめる。ダヴは不安をおぼえた。どこかの時点でオクリルはこちらを拒絶し、襲ってくるかもしれない。

「いい子にしていてくれ、ペルーズ！」と、オクリルをなだめる。「このごたごたが終わったら、マムスをまるごと食わせてやる……おまえだけに」

ふたたびチャンに注意を向ける。

「つづけてくれ！　あの光の作用はなんなんだ？」

「正確には説明できないけど、いまのところ意味はないと思う。でも、その獣はほんとうの意味を感じとっているみたいね。とても賢そうだから」

「そうとも」ダヴが誇らしげにいう。「オクリルはとても知能が高い。もちろん、われわれと同じ意味での知性ではないが。ほかに増強基地について、なにか知っているか？」

「増強基地もたくさんの原物質の泡でできているけど、その色は孵化基地の白や貯蔵基地のグレイとは違って、メタリックブルーなの。原物質は基本的に、最終形態をとるともう勝手に変更はできなくなる。泡のなかにはたくさんのものが保管されているわ。大量の武器、技術装置、装備品、宇宙船や、《マシン》の部隊まで。ほかにもゼロ時間スフィアがたくさんあって、そのなかで軍隊や要員が待機しているの」

オクリルが興奮したように鼻を鳴らし、鼻面をダヴの右膝にこすりつけた。

ダヴはその頸を軽くたたいてやった。

「なかなかそそられるじゃないか？　あとで見てみたいな。だが、いまは貯蔵基地の話を聞こう」

「貯蔵基地は十戒の至聖所よ」カリコがいった。「エレメントの支配者がマルチデュプリケーターやサコダーのような高度な技術装置を保管しているわ。でも、それだけじゃない」

「いまはそれで充分だ」オクストーン人が満足そうにいう。「では、貯蔵基地に向かおう」

「賛成できないわ」ヂャンがいった。「貯蔵基地に入れるのは１＝１＝ヘルムとカッツェンカットだけだから」

「ふん！」と、ダヴ。「入ってしまえば、そんな禁令はなんの意味もない」

「資格がないのに貯蔵基地に入るのはほとんど不可能よ。入れるとしても、それには当然、孵化基地の遺伝子工場にあるペド転送機を使うことになる。だから、まずそこに行かないと。そこまで行ければ黒の領域にも入れるようになるわ」

「黒の領域！　いかにも冒険のにおいがするな。黒の領域の闇のなかにはなにがあるんだ？」

「それは謎だけど、プラズマ怪物が閉じこめられてるって聞いたことがあるわ。もちろん、厳重に監視されて」

「プラズマ怪物？」オクストーン人は二百の太陽の星の中央プラズマを連想した。奇妙なロボットによって盗みだされ、巨大転送機に引っ張りこまれたのだ。かれは興奮した。孵化基地の黒の領域に存在するのがポスビの中央プラズマだとしたら、二百の太陽の星をめぐる争いは、まだ負けと決まったわけではない。逆転勝利の可能性がある！　だが、推測だけではどうにもならない。確証が必要だ。

「黒の領域まで案内できるか、カリコ？」

「ええ」ヂャンが答える。「ただ、直接は行けないから、まわり道をしないと」

「それはかまわない。最初の行程を教えてくれ！」

オクリルが怒ったように咆哮する。その声がしずまったとき、ダヴはからかうようなちいさな笑い声を聞いた気がした。だが、空耳だったかもしれない。かれはカリコがさししめす方向に意識を集中した。

*

砲塔がいきなり壁から出現する。オクリルが鋭い声をあげ、舌を熱線砲の砲口に向かって射出した。

まばゆい放電の光でダヴの目がくらむ。視力がもどると、熱線砲が溶解してスクラップになっているのがわかった。

「あぶなかったな」と、オクストーン人。「助かったよ、ペルーズ！　ほんとうにこの道でいいのか、カリコ？」

「ええ、でも、前にきたときは熱線砲なんてなかったのに」

「どうやってか1＝1＝ヘルムが気づいて、われわれを阻止しようとしているんだろう」ダヴが考えながらいう。

かれの左を歩くオクリルが強くかぶりを振った。

ダヴは笑った。

「言葉をぜんぶ理解しているように見えても、おまえは声の調子に反応しているだけだ」そういって、ペルーズの頸を軽くたたく。「いずれにせよ、おまえの返事はよくわからない。いくらおまえでも、1＝1＝ヘルムがわれわれを監視しているのか、行く手を阻(はば)もうとしているのか、知るすべはないだろう」

ペルーズはまたかぶりを振り、明らかに耳をかたむけるようなしぐさを見せる。これにはオクリルの心理にくわしくないダヴでも、相手がなにを伝えようとしているのか、即座に理解できた。

耳を澄ませば、かれも知ることができるのだ……1＝1＝ヘルムが監視していないと、なぜオクリルにわかるのか。

ダヴはじっと耳を澄まし……やがて遠くから爆発音が聞こえてきた。きわめてかすかで、集中していなければ聞き逃していただろう。かすかな震動も感じられたような気がする。

ひとつだけ、たしかだと思えることがあった。孵化基地のどこかで戦闘が起きている。しかもそれがしばらくつづいているらしいことから、侵入者はかなりの大部隊か、優秀な武器を装備しているものと考えられた。そうでなければ、1＝1＝ヘルムに短時間でかたづけられていただろう。

オクストーン人は一瞬、ペリー・ローダンかもしれないと思ったが、あまりにもばかげているので、その考えをしりぞけた。

「おまえは思っていた以上に頭がいい」と、オクリルを褒める。「恐くなるくらいだよ」

「左に曲がって、スタリオン」ヂャンがささやいた。

「了解！　ヒーゥ、ペルーズ、ヒーゥ！」

オクリルは鼻を鳴らし、左折して通廊に入った。乳白色の壁の向こうに暗い影が揺らいでいる。だが、ダヴの思考に影響はなかった。

今回は足どりをゆるめ、熱線砲の出現以前よりも慎重にあたりを見まわす。砲塔があらわれることはなく、孵化基地内での戦闘はまだつづいているようだ。くぐもった爆発音が何度も響き、床がかすかに震動する。ときおり熱風が通廊を吹き抜けた。どうやら爆風らしい。

一度、ダヴの右手にある乳白色の壁の原物質が透明になり、遠くが見通せるようになった。そこでは不気味な姿をしたものが動きまわっていた。まるで、巨大な怪物のからだのなかをのぞいているかのようだ。

立ちどまって見ていたかったが、ヂャンが先をうながした。

「もうすぐそこよ。ただ、黒の領域にかんたんに入れるとは思わないで。さっきもいったとおり、プラズマ怪物は厳重に監視されているわ。でも、いちばんの問題はそれじゃない。まず、闇の城のバリアを突破しないと」

「オクストーン人はバリアのあつかい方を心得ている」ダヴが気軽な口調でいった。

そのとき、床がそれほど傾斜しているわけでもないのに、オクリルが急に前方に滑りはじめた。不安がっているようすはなく、楽しんでいるようだ。

「どうってことはなさそう……」いいかけたダヴも足が滑りだし、言葉を失った。

背中から床に倒れ、そのまま通廊を滑っていく。それでもロボットの上半身を手ばなすことはなかった。

目の前で突然ペルーズの姿が消え、かれは警告の叫びをあげた。次の瞬間、わずかな抵抗をおぼえる。だが、からだは滑りつづけ、かれはまたしてもまったくべつの環境にいた。

シャフトのなかを落下している。壁は雲のような材質で、明るいグレイだ。前方というか、下方にはオクリルが、やはり落下しているのが見えた。ためしにセランの飛翔装置のスイッチを入れてみたが、思ったとおり、作動しない。実際、本気で使うつもりはなかったが。落下速度が落ちたらオクリルとはなればなれになってしまう。

「ここはどこだ？」最初のショックを克服し、ヂャンにたずねる。

「夢の亀裂のなかさ」カリコが答え、ちいさく笑った。

「からかっているのか？」オクストーン人は憤然となった。

「ご名答、スタリオン！」ヂャンが勝ち誇っていう。「ほんとうにおろか者だな！　わたしを少女だと思いこむなんて、あんたの思考力にもがたがきたのだ。もうまともにものが考えられず、わたしの前にせっせと自分をさらけだして、次々にどじを踏んだ。環境適応人だと、ふん！　たった一回ホルモンが分泌されると、オクストーン人は思考力を失ってしまうんだな」

「ばかをいえ！」ダヴは熱くなって反論した。「セックスのことなど考えなかったぞ。だれを相手にするのだ？ 肉体のない幽霊か？ 考える腸内ガスか？ わたしに話しかけてくれれば、それがだれであろうと保護本能が働くのだ」

それに虚栄心もな！ 心のなかでそうつけくわえる。

「それにしても、おまえみたいな悪魔が、どうしてそんなにテラのいいまわしにくわしいんだ？」ダヴはたずねた。

「三回まで当てていいぞ！」と、カリコ。「だが、そのあとは自分の正気を探すことになる。まだそんなものがあればだが。わたしはここで別れを告げ、きたときと同じシンボル信号に乗って帰ることにする」

「くそ！」ダヴはやり場のない怒りをぶつけた。

下方に出現したかすかに光る床に激突すると思い、目を閉じる。だが、オクリルとかれの落下速度は低下していた。

ゆっくりと床に近づき、着地……とたんに床が四方八方にひろがり、上方にのびあがった。

しばらくするとそれが頭上で丸天井のように閉じ……さらにしばらくすると、ダヴは恐怖の叫びをあげた。かれとオクリルを閉じこめた中空の球体が透明になったのだ。

その向こうには、かれの心に悪夢のような思考と連想をもたらす混沌とした光が踊っていた。ダヴは目を閉じた。だが、まぶたごしでも光の効果は、弱まりはするものの、やはりとどいてきた。これでは短時間で頭がおかしくなってしまう。

かれはあきらめたように頭を垂れた。

しかたがない！　自分のおろかさが招いた事態だ！

3

なにかが起きた。

どのくらいの長さの時間かわからないが、わたしは完全な停止状態にあった。それがわかったのは、気がつくとゼロ時間スフィアのなかにいたからだ……その目的は生命体を完全停止状態にすること、つまり時間をとめて、結果的にすべての生命活動がとまった状態にすることだ。

最初からそうなるはずだったのかもしれない。すくなくとも1＝1＝ヘルムの意図では。だが、そうはならなかった……増強基地に出会う前に捕獲していた五次元構造体のおかげで。潜時艇が破壊されたさい、構造体は〝いけす〟から逃げだしたのだ。

それがわたしのÜBSEF定数のちいさなかけらをとりこんでプシ兄弟になり、わたしを助けてくれた。わたしはプシ兄弟の目と耳を通して見たり聞いたりでき、そのプシ能力と意思疎通できるようになる。その結果、孵化基地の指揮官がつくりだした被造物と同盟することになった。アルバート・アインシュタインと呼ばれるその被造物は、相対性理論の父とほぼ同等の存在だった。合成されたアインシュタインのÜBSEF定数を持っているから。

アインシュタインと目に見えないプシ兄弟は増強基地のペド転送機を使い、ハンザ・スペシャリストのスタリオン・ダヴと孵化基地でコンタクトしようとした。プシ兄弟が増強基地からいなくなると、わたしは完全停止状態におちいった。

一瞬、あるいは一年、あるいは百万年……

ばかな！　だからどうした！　人類やエレメントの十戒がまだ存在しているのか、女上司のペルウェラ・グローヴ・ゴールとそのアストラル漁師たちがまだプシ・ブリンカーを投げているのか、だれが気にするものか！

つまり、たぶんわたしはペルウェラを恋しく思っているのだ。とても。もっと正確にいうなら、もしも彼女がいなければ、宇宙空間はわたしにとって鼻持ちならない場所になるということ。

耳を澄まそうとしたが、広範囲にわたる周囲にだれもいない場所では、聞こえるのは自分の思いだけだ。とはいえ、なにもないよりはずっといい。停止状態はもはや完全ではなくなっている。わたしはそれが徐々に解けていくことを期待した。

どれほどほかの存在と触れ合いたいことか！

そのとき、わたしは思考で叫び声をあげた。突然、目が光を感じ、活発に動く映像を見ていたのだ。

わたしはどこかにいて……なにかを見ている！

＊

目の前に大きな霧の海のような、荒涼としたグレイの塊りがひろがっていた。内部から光ってはいないが、無数の遠い島宇宙の光を受けている。

「ハイパートロンを制御して、ナウヴォアク！」よく響く声が聞こえた。

振り向くと、シヴァウクがわたしのななめうしろ、バイオフォアの混合操作卓の前に立っていた。血が沸きたつようで、とめられない。シヴァウクは美しく、きわめて知性が高い。まさに女神だ。

「きみがほしい！」と、ささやく。

「おろかね！」シヴァウクはわたしを叱りつけた。「わたしたちがここにいるのは、死んだ物質を再生させ、知性をあたえるためであって、わたしたち自身を再生産するためじゃないわ」

「きみには感情というものがないのか？」わたしは懐柔を試みた。

「感情なんて！」シヴァウクが侮蔑的にいう。「わたしたちのような発達段階にある者にとって、そんな原始的な制御メカニズムは痕跡すらのこっているべきじゃない。わたしたちの行動が正確に計算された知性的な動機ではなく、感情などというものに依存することを、コスモクラートは是認しないでしょう。原始人のような行動はやめて、ハイパートロンを制御しなさい、ナウヴォアク！」

わたしは角に似た精神操縦装置のセンサーを憤然とつかんだ。感情が大きく動いているときの精神操縦はほとんど不可能なのだが、それも考えずに角状センサーから手をはなさずにいる。すると、そこらじゅうで警報が鳴りひびいた。

「ナウヴォアク！」シヴァウクの叫び声が聞こえた。「ナウヴォアク！　ハイパートロンを安定させて！　バイオフォアを！」

わたしは適切な命令を思考した。

ハイパートロンは、われわれの播種船内に限定して存在するハイパー空間をシミュレートしたプロジェクションの総体にほかならない。そのハイパー空間にはバイオフォアが収容されている。〝カタラク〟の組織がコスモクラートの代理で宇宙に播種している、オン／ノーオン量子のかたちで現出した生命エネルギーである。だが、それは大いなる計画にしたがって正確に播種されなくてはならない。適当にばらまいてはだめなのだ。効果をきちんと制御する必要があるから。

角状センサーがハイパートロンからのフィードバックを伝えてくる。カタストロフィ状態だ。正しい命令を思考したにもかかわらず、ハイパートロンは安定しなかった。シミュレートされたハイパー空間が収縮し、これがこのまま逆転することなくつづけば、バイオフォアが過熱して、播種船を破壊してしまうだろう。

フィードバックから収縮がとまったと報告があり、ほっと胸をなでおろす。これですべて順調だ。コスモクラートの怒りを買うこともない。あとは最近見つけた、まだ比較的若い三つの物質雲にオン／ノーオン量子を播種すればいい。

シヴァウクが悲鳴をあげ、わたしはあらたな脅威が生じたのを感じとった。大型探知スクリーンに目を向けるが、危険そうなものは見あたらない。播種船の正面には三つめの物質雲が、とくに変化もなく、巨大な霧の塊りのように見えている。ほかには遠い島宇宙や、さらに遠い銀河団が光の点となって見えるだけだ。

「ハイパートロンが！」シヴァウクが叫んだ。

わたしは手抜かりに気づき、目を閉じた。そうしないと心の目でフィードバックを見られないから。

ぞっとした。

ハイパートロンの全プログラミングが未知の理由で消去されようとしている。その結果、プロジェクターは収縮を停止させたあと、継続的な拡張過程に移行していた。拡張は光の速度で進行し、播種船のパラトロン・バリアでも完全にとめることは不可能だった。エネルギーは産出されつづけ、最終的にパラトロン・バリアを播種船ごと破壊してしまうだろう。

これはバイオフォアが勝手に放出されることを意味する。その結果は大惨事だ。正面にある三つめの物質塊はオン／ノーオン量子のバランスが崩れた混合物であふれてしまう。そのさいに生みだされる生命は必然的に怪物となり……それが発達させる知性は異常なものにならざるをえない。

わたしは心の目を対象から引きはなし、シヴァウクを見た。

ショックのあまり硬直している。

「シヴァウク！　しっかりしろ！　あれが解放される前に、オン／ノーオン量子のバランスを正常化するんだ！」

硬直は解けなかったが、彼女の目に生気がもどった。

「無意味よ！　どうにもならない。解放されるバイオフォアの量が多すぎて、ここにある比較的少量の物質塊では焼け石に水だわ」

「わかっている！　だから三つの時空転移をプログラミングして、積み荷を同時に三つの、最近発見した原始銀河に投げこむつもりだ」

「それではわたしたちが船から脱出できなくなる！」シヴァウクは恐怖の声をあげた。「死んでしまうわ、ナウヴォアク！　いやよ、いや！　やめて！　死にたくない！　せっかく不死者としてつくられたのに、ナウヴォアク！　ああ、ナウヴォアク！」

「もちろん、わたしだってもっと生きていたい」わたしの声はかすれていた。「だが、われわれには最悪のカタストロフィを阻止するため、できることはすべてやる義務がある。もしもバイオフォアのすべてのポテンシャルをひとつの原始銀河だけに投入したら、将来、脅威は宇宙の全知性体におよぶだろう。それだけは阻止しなくてはならず……だからわれわれ、死ぬしかないのだ」

わたしは話しながらセンサープレートに触れ、必要なプログラミングをはしらせた。見るとシヴァウクもオン／ノーオン量子を混合している。運命を受け入れたようだ。

播種船は物質雲に突入し、最初のプログラミングが効果を発揮した。わたしはそのあいだに時空転移を準備した。播種船はタイムマシンとして設計されているわけではないので、大きな転移はできない。ごく短い時間を〝ジャンプ〟するだけだ。つまり毎回、ジャンプのあと数秒で、オン／ノーオン量子の三分の一を放出しなくてはならない。

「準備できたわ！」シヴァウクがつぶやき、混合操作卓の上に突っ伏した。

「勇気の見せどころだ、シヴァウク」わたしは悲しい思いで優しく声をかけた。「カタラクのほうがわれわれ自身よりも重要だ。将来、われわれのせいで全面的なカタストロフィが起きるようなら、カタラクの組織は解体される。そんな事態を引き起こすわけにはいかない。カタラクが存在しなければ、宇宙は生命のないからっぽの場所になってしまう」

シヴァウクは顔をあげ、涙目でわたしを見た。

「でも、後継組織がつくられるんじゃないかしら、ナウヴォアク？」

「それには大きな困難がともなうし、なによりも時間がかかる。死はすばやく、慈悲深い。時空転移を開始する」

「ええ！」シヴァウクは小声でいい、唐突にこうつけくわえた。「あとはすべて自動で進行するわ。たぶん時間はあるはず、ナウヴォアク！　それとも、もうわたしがほしくない？」

「とんでもない！」わたしはかすれた声で答えた。

プログラミングがまちがいなく作動することを確認し、シヴァウクのもとに急ぐ。わたしは彼女を抱きあげ、手近な転送機に駆けこんだ。

「入力セクターへ！」と、ポジトロニクスに指示する。

転送機のポールが輝き、また暗くなると、シヴァウクとわたしはべつのステーションにいた。女神はまだわたしの腕のなかだ。死は目前だが、それは至福のものだった。

彼女に愛の言葉をささやくと、入力セクターのパラトロン・バリアに構造亀裂が開いた。その向こうは星のない宇宙の闇だが、それは幻覚にすぎない。シヴァウクとわたしにとっては天国が待っている。

「愛している！」と、はっきり声に出していう。

「愛しているわ！」シヴァウクもそういい、わたしを抱きよせた。

二歩進んだとき、最初の時間転移の影響を感じた。構造亀裂を通過する。

驚いたことに、命の火がすぐに消えることはなかった。死はわれわれに至福のなかで恐怖を忘れ、最高の満足を感じる時間をのこしておいてくれた。

オン／ノーオン量子の崩壊にのまれる前、死はただの敷居だということがわかった。その手前で過去の個別の存在は終わり……その向こうで思考と感覚は搬送波に乗って、数十億層のあらたな生命へと放射されていく……

＊

終わった！

せめていま見た夢のかけらだけでもとらえようとしたが、むだだった。ただの夢なのはわかっているが、わたしは生涯で感じたことがないほどの至福の感覚に満たされていた。

ゆっくりと膝をつき、自分がもう停止状態にないことを認識。周囲にはさまざまな大きさの、鈍いゴールドに輝くほかのゼロ時間スフィアのエネルギー・ドームがならんでいた。

ほかのゼロ時間スフィア？

思考が現実に追いついてきた。自分が入っている以外のゼロ時間スフィアではなく、ただそこにあるスフィアをわたしは見ている。つまり、わたしが入れられていたものはすでに消えていた。プラットフォームはまだあるが、エネルギー・ドームは形成されていなかった。

自分がまだプラットフォーム上に立っていることに気づき、ふたたびゼロ時間スフィアにとらえられる可能性に思いいたって、急いでそこから跳びおりる。

「どうなっているんです、モジャ？」だれかが透明ヘルメット内に、怒りをふくんだ声で問いかけてきた。

「ヒルダか！」思わず大きな声が出ていた。

「ほかにだれがいると？」セランのコンピュータがたずねた……正しくはコンピュータ・システムだが、いつもかんたんにコンピュータと呼んでいる。

わたしは深呼吸をして、ヒルダがなにも知らないようにふるまっていることに対する怒りをしずめた……実際、ほんとうに彼女はなにも知らないのだ。わたしが停止状態に近いなかで体験したことは、知りようがない。

ヒルダが作動していないあいだに起きたことをざっと説明する。夢についても話したま、彼女が全体状況を評価するのに必要な部分だけだが。

「状況は入り組んでいますね」ポジトロニクスが指摘した。

「それはわかっている。なにか具体的な提案はあるか？」

「わたしは人間じゃないので」ヒルダが皮肉っぽく答える。「もちろん、状況について二、三いえることはありますが。問題はそれがこの状況から抜けだす役にたつのか、それともあなたの理性を奪うことになるのかという点だけです」

「なるほど」わたしは辛辣(しんらつ)な口調でいいかえした。「どうしてそこでわたしの貧弱な理性が問題になるんだ！　ためらう必要はない！」

「では、あなたの責任において話しましょう、考える漁師。まず、なぜ〝考える漁師〟と呼んだのか説明しますね。あなたの情報でいろいろわかったことがあります。アストラル漁師が捕獲する五次元構造体は独自の思考と感情を発展させることができるようですね」

「そのとおり！」わたしは不機嫌に答えた。そのことにはすでに気づいていて……まったく気にいらない話だったから。「つづけてくれ！」

「さっきの夢に関しては、科学的根拠のある理論を構築するには手がかりがたりません」ヒルダはまわりくどいいい方をした。「できるのはせいぜい仮説をたてて、多少の推論をする程度かと」

「要点をいえよ、推論屋！」

「おろかなモジャ。簡潔に説明します。あなたは自分で夢をみたんじゃなく、べつの存在の夢を映像で見せられたのです」

「夢みるべつの存在？」わたしは嘲笑した。

「あなたには真剣さと倫理的な成熟度がたりません」ポジトロニクスが文句をいう。

「わたしは愛と死を、不死者の思考と感情を体験した。だからわかるんだ。問題に向き合うには、真剣だろうとおろかだろうと関係ない。どうにかして解決できればそれでいいのさ。だが、きみは怪物三体のÜBSEF定数の話をしたいんだろう。そのなかに十戒とやらの三基地があるという」

「わたしのお株を奪わないでください、モジャ」

「きみがいつもわたしに文句をいうからだ」

「それは自業自得でしょう」ヒルダが憤慨したようにいう。「でも、あなたの仮説、科学的根拠をしめせるので？」

「その必要はない。アインシュタインに聞いたんだ。それ以外というか、その前史については、夢でみたとおりだ。きみの記憶のなかに〝七強者〟って言葉はないか？」

「その情報ならあたえられています」ヒルダが答えた。「七強者、または時間超越者の同盟と呼ばれるものは、ケモアウク、バルディオク、パルトク、ムルコン、アリオルク、ロルヴォルク、ガネルクによって構成される。かれらはコスモクラートから使命を受け、播種船と呼ばれる宇宙船で宇宙にバイオフォアを播き、生命と知性の発生と発達をうながした」

「けっこう。これで長ったらしい説明が省略できる。夢に出てきたんだが、どうやら時間超越者の同盟の前身に当たるカタラクと呼ばれる組織があって……のちの七強者と同じ使命を負っていたらしい。

カタラクに何隻の播種船があったのかはわからないが、ある播種船が三つの物質雲を発見し、オン／ノーオン量子を播種しようとした。

だが、事故があって、全物質が勝手に放出されてしまった。わたしとシヴァウクはバイオフォアが三つの物質雲に均等に、正しい混合率で配分されるよう手をつくしたが、量があまりにも多すぎた。そのため、まず生命が発生したのち、それをもとにずっとあとになって知性が発達するはずだったのに、塵のような物質に知性が宿ってしまった。いわば、進化の階梯をいくつか飛ばしてしまった」

「自分をナウヴォアクだと思ってるんですね」ポジトロニクスが不満そうに指摘した。

「夢のなかではナウヴォアクだったんだ」わたしは不機嫌に答えた。「シヴァウクとわたしが宇宙を救った」

「現実にもどりなさい！　シヴァウクとナウヴォアクは数百万年前に生きていて……数百万年前に死んだのです。あなたの前世がナウヴォアクだったわけではありません！」

「黙れ！」わたしは鋭くいいかえした。「われわれ、オン／ノーオン量子と統合し、物質雲の意識のなかに入ったのだ！」

「われわれ？」ヒルダが仮借なく問いかける。

「わたしがみた夢の話だ。シヴァウクとナウヴォアクの一部は、いまも三つの物質雲のなかに存続して、くりかえし過去の夢をみているらしい……わたしはそんな夢のなかに巻きこまれたんだろう」

「あなたが？」

「もちろん、物理的にではない。だが、知性を持つ三つの物質雲あるいは原始銀河が存在し、かれらの夢があり、わたしのプシ兄弟がいて、わたしがいる。すべてがどこかでつながっているんだ。ひとえにそのおかげで、わたしはゼロ時間スフィアから自由になれたんだろう……だから、プシ兄弟と、オクストーン人のスタリオン・ダヴと、そのオクリルの力になるつもりだ。かれらとともに、物質雲の知性体を解放する」

「自分を過大評価していませんか、モジャ？」ヒルダがたずねた。「あなたみたいな一介の考える漁師に、原始銀河サイズの知性体をどうこうできるわけがありません。母船のボスのところにもどることだけを考えたほうがいいでしょう。おまけでいくつか新しい漁場が発見できればもっといいですが。ボーナスが期待できるから。とにかく、宇宙の強者のゲームなんかに関わっちゃだめです」

「ふん！」わたしは鼻を鳴らした。

「自分のモットーを思いだしなさい。商売は商売、でしょう！」

「これは大きな商売になりそうなんだよ」

確信があったわけではない。だが、ボスの意図によってプログラミングされたポジトロニクスに、告げるわけにはいかなかった……夢にあらわれた女性に恋をしたのだということを。

4

「とまって！」イルミナ・コチストワが鋭い声でいった。「ラスが消耗しきっているのがわからないの？」

エルンスト・エラートはそのときはじめて、ラス・ツバイの顔色がすっかりグレイになり、立っているのもつらそうなことに気づいた。不思議だった。アフロテラナーは連続して三回、四名の連れとともにテレポーテーションしている。だが、そんなことはいままでにもあったし、それでこれほど消耗したことなどなかったはず。

「あともう一回！」と、ヴィシュナ。

「だめだ！」エラートが片腕でテレポーターの肩を抱き、そのからだを支えながらきっぱりといった。「ラスは限界だ。人間ならだれが見てもわかる。あなたたちコスモクラートはいつも要求するばかりで、われわれにそれが可能なのかどうかを気にしようとしない」

「それは不当な批判よ、メタモルファー」ヴィシュナがいいかえした。

エラートはかっとなりかけたが、タウレクがほくそえんでいるのを見て自制した。〝影〟と融合してからもしばしば〝ひとつ目〟を自称するこの男は、エラートのコメントをおもしろがっている。たしかにかれは、さっきのようにコスモクラートを非難できる筋合いではなかった。ヴィシュナはそのことをはっきりさせるため、かれを〝メタモルファー〟と呼んだのだ。かれはコスモクラートに救われ、腐りかけた肉体から精神をヴィールス製の肉体にうつしてもらったのだから。

いうまでもなく、それはエラートがコスモクラートの目的に役だち、実績をあげると考えられたからだ。

タウレクがかれの肩に手を置いた。

「ほんとうにわれわれが身勝手だと思うのかね、友よ」

エラートは首を横に振った。

「いや、もちろん思わない。あなたたちのものの見方はわれわれとは違う、コスモクラートの見方だ。だが、わたしの見方がどうあれ、それはあなたたちがときどき人類の身になってくれないことの理由にはならない」

「そのとおりね」と、ヴィシュナ。「申しわけないけど、エルンスト、わたしはラスの体調がどれほど悪いのかわからなかった。気にしていないからではなく、わたしの計算では、まだ消耗するはずがなかったからよ」

「でも、実際に消耗しているわ」イルミナは反重力プラットフォームの上に場所をつくり、エラートの手を借りてツバイを横たわらせた。

かれのセランの透明ヘルメットは折りたたまれ、後方に収納されている。顔色はまだ悪く、びっしりと汗の玉が浮かんでいた。息づかいも荒い。

エラートはベルトのマグネット・ホルダーから医療ボックスをとり、診断ユニットのケーブルをツバイのサイバー・ドクターの、指先ほどの大きさの外側ソケットにつないだ。

次の瞬間、サイバー・ドクターがツバイの診断結果を送ってきて、それが医療ボックスのモニターに表示された。

〝精神的ブラックアウト状態。おそらくはショックによるもの。推奨する対策は専門家のもとでの入院加療。それが不可能な場合、三単位の精神安定剤の投与〟

「入院加療は不可能だな」メタモルファーがツバイのセランのサイバー・ドクターに聞こえるよう、声に出していう。「もうひとつのほうをたのむ！」

使い捨ての濡れた布でツバイの顔をぬぐう。テレポーターはなんの反応もしめさなかった。だれかが面倒を見ていることに気づいているのかどうかもわからない。

エラートはツバイたちとともにその場に出現してからはじめて、周囲を見まわした。孵化基地にいることはわかっている。十戒の基地にはペド転送機でなければ出入りできないことは知っていたから。とはいえ、そこはかれらが多少とも偵察した部分とはかなりようすが違っていた。

原物質の泡のなかだということさえ判然としない。もちろん、それ以外の可能性はないのだが。正体不明のかたくて褐色の物質が無数の薄い層をなし、洞窟に似た空間の壁や天井を形成している。高さと幅は大きな教会の身廊ほどもあり……長さはパナマ運河に匹敵するだろう。すくなくとも、起点も終点もはるか目路（めじ）の彼方だった。

その層、あるいはプレート……どう呼んでもかまわないが……は、脈動していた。全体がいっせいに膨張してまた収縮するのではなく、部分的にだ。つねにどこかでちいさな一部が動いている。また、洞窟内は明るかった。プレートとプレートのあいだの隙間からブルーがかった光が射しこんでいる。

それ以外はなにもなかった。

エラートはほっとした。

ペド転送機をめぐるはげしい戦闘のあとだけに、いまいる場所はまるで修道士たちが生涯にわたる無言の誓いをたてた修道院のように思えた。プレートが脈動するたびにかすかな音が聞こえ、滑らかなグリーンの床にときおりちいさな震えがはしる。それだけだ。ほんのわずかな敵意さえ感じられない。

「いつまでもここで休んではいられないぞ」タウレクがいった。かれは扇のようなものをひろげていた。実際、中国の羽根扇にそっくりだ。ただ、親骨は明るい赤にきらめく物質で、扇面は一種の黒いフォリオ、その上に銀色の火花が散っている。

エラートはタウレクの唇が動いていることに気づいた。自分のほうを向いた扇面に書かれたものを読んでいるらしい。かれは悪態をのみこんだ。いつものことだが、コスモクラートの行動を目にすると、どうしてその超技術の産物を手助けしている者たちに提供しないのかと思えてしまう。

「なぜそういえる？」かれは反抗的に問いかえした。

「わかるのだ……これで」タウレクは〝扇〟を動かして注目を集めた。「通信センサーによると、1＝1＝ヘルムと孵化基地の原物質のあいだには、なんらかの情報フィードバックが働いている。ただ、それが停滞しているのだ。不自然なほどに」

「どういう意味なの？」イルミナがたずねた。

タウレクは考えこんだ。

「セクスタディム効果だ、奇妙なことに！　あるいは、違うかもしれない。いずれにせよ、ペド転送機の使用は……」タウレクの声が聞きとれないほどちいさなささやきになる。

そのとき、ツバイが驚くほどはっきりした声でいった。

「シヴァウクとナウヴォアクだ！」

エラートがテレポーターに目を向けると、またしても額に汗が浮かんでいた。それ以外に目立った変化はない。ただ、その目は完全に開いてはいなかった。なかば閉じていて、まぶたが細かく震えている。

「ラス、聞こえる？」イルミナが顔を近づけて呼びかけた。

「セクスタディム効果だと！」ツバイがばかにするようにいった。「コスモクラートのたわごとだよ！　あれは思念と感情を持つ存在がみている夢だ」

「シヴァウクとナウヴォアク？」と、エラートが問いかける。

ツバイはうめいた。

「思考だ！」ささやくと同時に、また汗が顔を流れ落ちる。「われわれ、思考の網に捕らえられていて、それを破ることができない。なぜならその思考は、思念と感情を持つ存在がみている夢からくるものだから！」

かれは大きく目を見開き、いきなりエラートの手をつかんだ。

「ここでは、考えられないほどの昔からひどい犯罪が実行されている。獣を探せ！　ある犠牲者の夢に出てくるのを見た。オクリルだ！　オクリルを探せ！」

ツバイはぐったりとなって、エラートの手をはなした。目が裏返り、白目しか見えなくなる。そのあと、かれは深いため息をついた。

イルミナがその上に身を乗りだし、息づかいの音を聞き、ふたたびからだを起こした。

「意識を失ったわ」

エラートはひとさし指を伸ばし、接続したままの医療ボックスのモニターをしめした。

〝深い昏睡状態。だが、危険はなし〟それが今回の診断だった。

＊

「オクリルというのはどんな獣なの？」ヴィシュナがたずねた。

「ヴィールス・インペリウムはなんでも知っていて……あなたはその支配者でしょう」イルミナがからかうようにいう。

「その知識がすべてわたしの頭のなかにあるなら、ヴィールス・インペリウム自体は必要なくなるわ」と、コスモクラート。

「じつに説得力がある……と、粉屋はいって、蠟燭の明かりのなかで入浴した」エラートが引用した。

イルミナがおもしろそうに笑う。

「どうして、よりによって粉屋なの？」

「ありそうな話だからさ。粉挽き小屋のなかで裸火を使ったら、粉塵爆発が起きても不思議はない」

「じつに説得力がある！」イルミナは賞讃した。

「神経にさわってきたわ！」ヴィシュナが憤然という。

「神経？　そんなもの、あなたにあったのか？」エラートがからかった。

タウレクがいきなり哄笑した。一分近く笑いつづけ、〝扇〟を閉じて、こういう。

「きみたちのような原始的な存在は、さぞすっとしただろうな……われわれコスモクラートにとっては恥ずべきことだが。もっとも単純な道具こそもっとも効果的なのだということを、われわれはつい忘れてしまう」

「どういう意味？」と、ヴィシュナ。

「さっきいった、セクスタディム効果のことだ！」タウレクが答える。「その効果の源をどこで探せばいいのか、わたしには見当もつかなかった。だが、ラス・ツバイはなんの技術装置も使わず、正しい答えを導きだした」

「思念と感情を持つ存在の夢のこと？」イルミナがたずねた。

「そうだ」と、タウレク。「その名前は重要ではないだろう。重要なのは、くりかえし言及された部分だ……夢。思考。思念と感情を持つ存在」

「思考の網に捕らえられている、というのもあったな」エラートがいう。

「たんなる幻覚かもしれない」ヴィシュナが指摘した。

「忘れてるようね。ラスがテレポーテーションするとき、その意識はすべての次元を走査しているのよ！」イルミナが興奮したようすでいう。「もちろん、意識が直接やっているわけじゃなく、超能力がかれの意識を道具として使っているということ。たぶんわたしたちを連れてテレポーテーションしたとき、超能力がこの思考と夢の網に捕らえられたんだわ」

「その結果がショックと、精神的ブラックアウトか」と、エラート。

イルミナは大きくうなずいた。

「なるほど」と、ヴィシュナ。「だけど、オクリルというのがなんなのかわからない」

エラートが説明した。

「なんと恐ろしい！」ヴィシュナがいった。「そんな獣が孵化基地をうろついて、はるか昔から悪逆のかぎりをつくしてきたというの？」

「ラスはそんなことといってない」イルミナがいいかえした。「オクリルを探せといっただけよ」

「その犯罪の一犠牲者の夢でオクリルを見たともいっていた」エラートが口をはさむ。

「最悪の事態は考慮しておくべきだろう。もっとも、オクリルを犯罪目的で利用できる者がいるとも思えないが」

「オクストーン人なら」と、イルミナ。

タウレクがエラートを見た。

「オクストーン人がどうしたというんだ、エラート？　さっきはオクストーン人のことなど、なにもいっていなかったと思うが」

「オクストーン人はオクリルを悪用しない」と、エラート。「数ある知性体のなかで、オクリルを飼いならし、完全に制御することができるのはオクストーン人だけだ。イルミナがいったのはそのことだ」

「だとしたら、孵化基地にはオクリルだけでなく、オクストーン人もいる可能性がある」タウレクはふたたび〝扇〟をひろげた。「その場合、このマルチ探測機で居場所を特定できるだろう」

マルチ探測機！　エラートは頭のなかでその名称をくりかえし、コスモクラートに説明をもとめたいと思った。だが、思いとどまる。説明されても名称以上のことがわかるとは思えなかったから。

そのあいだにもタウレクは〝扇〟をじっと見つめていた。表情に変化はない。肉食獣じみた黄色い目に、ときおり強い光が生じる程度だ。それはいまにも獲物に飛びかかろうとする虎を思わせた。

突然、タウレクが目をまるくした。

「なにかいる。知性体だ。例のオクストーン人かもしれない。知性の度合いは……」かれは口ごもった。

「どのくらいなの？」と、イルミナ。

「変動している」コスモクラートが答えた。「最初はごくふつうで、平均を大きく超えるものではなかったのに、いきなり三十パーセントも増加し……さらに七十パーセント増加した」

「そんなことはありえない」エラートはタウレクに近づき、扇面をのぞきこんだ。「どうやって読みとるんだ？」

「読みとるのではない。すまないが、わたしはこれの使い方を説明できない。人間には役だたないものだ」

エラートは肩をすくめた。

「ま、見た目どおりの使い方はできるだろう。扇として」かれは手を伸ばした。

「だめだ！」タウレクは叫び、〝扇〟を遠ざけた。「それは危険だ、エルンスト。おもちゃではないのだから。たとえそう見えたとしても」

「わかった」と、メタモルファー。「わたしが軽率だった。本題にもどろう！　オクストーン人はどこにいる？」

「孵化基地の中心近くだ」

「けっこう！　われわれの現在位置は？」

タウレクは微笑した。

「そう遠くない」洞窟の壁を指さす。「オクストーン人はその向こうだ。なぜ知性が変動するのか、わかればいいのだが！」

「本人に訊いてみたらどうだ？」

おだやかな声がして、エラートは振り返った。ツバイが意識をとりもどし、反重力プラットフォームの上にすわっている。かなり元気になったようだ。

「ぐあいはどう、ラス？」イルミナがたずねた。

「もうだいじょうぶだ。すまない」ツバイはやや無理をした感じの笑みを浮かべた。

「大木でも引っこ抜けそうだ」

「いまはプラットフォームから転がり落ちないように気をつけていろ」エラートが皮肉っぽくいう。「だが、きみの言葉は参考になった」タウレクに向きなおる。「どう思う？」

コスモクラートはマルチ探測機を閉じ、幅ひろいベルトの矢筒形の容器にもどした。

「オクストーン人に会うのが待ちきれないね」かれは答えた。

＊

「なんてことだ！」反重力プラットフォームに乗ったまま洞窟の湾曲部を通過したツバイが声をあげた。

ブラスターを手にして駆けつけたエラートは、ツバイを驚かせたものを見て、塩の柱になったかのように凍りついた。反射的に昔の習慣がよみがえる。

「失礼しました、サー！」かれはあわてて武器をホルスターにおさめようとし、手が滑って、ブラスターは地面に落ちた。

イルミナが笑い声をあげる……ややヒステリックに。

「いったいどうしたの？」ヴィシュナがそういいながら、前方にあらわれた人影を見つめた。薄汚れたモーニング・ガウンを引っかけて、おだやかに前を向き、三人の人間を眺めている。

テレポーターが腕を伸ばして人影を指さした。

「アルバート・アインシュタインだ」と、震える声でいう。「相対性理論の父。だが、アインシュタインは大昔に死んだはず」

人影は舌を突きだした。

イルミナがコンビ銃を麻痺モードに設定し、人影に狙いをつける。

「そのとおりよ、ラス」緊張した声だ。「アインシュタインは死んだわ。つまりこの人物は1＝1＝ヘルムがつくりだしたもので、わたしたちの居場所も知られていると考えるべきね。麻痺させたいけど、できるかどうか」

人影は舌を引っこめ、こういった。

「1＝1＝ヘルムはきみたちの居場所を知らないし……わたしも伝える気はない。ところで、ある意味、わたしはほんとうにアルバート・アインシュタインなんだ。この肉体は1＝1＝ヘルムが原物質からつくったのだとしても、わたしのÜBSEF定数はオリジナルから合成したものだからね」

「頭がおかしくなりそうだ」ツバイがいった。「ÜBSEF定数を合成するなんてことが可能なのか？　1＝1＝ヘルムはどうやってほんもののアインシュタインのテンプレートを手に入れたんだ？」

「それはわたしにもわからない」と、アインシュタイン。「だが、孵化基地においては、宇宙のほかの場所では想像もできないようなことが可能になる」

タウレクがマルチ探測機を矢筒形の容器からとりだしてひろげ、扇面に意識を集中した。そのあと装置をしまい、説明する。

「かれの精神は完璧に人間のものだ。それでもどこかで1＝1＝ヘルムに依存しているはず。いずれわれわれを裏切るだろう」

アインシュタインは首を横に振った。

「1＝1＝ヘルムはわたしの敵だ。もちろん、わたしをつくったのはかれだが、飽きたら確実にほうりだすだろう。だからスタリオン・ダヴと組んだのだ。オクリルを連れたスタリオンが敗北しないかぎり、ヘルムもわたしを生かしておくはずだから」

「オクリル？」イルミナが興奮して叫んだ。「オクリルがいるの？」

「それはオクストーン人なのか？」と、エラート。

「もちろん、スタリオン・ダヴはオクストーン人のハンザ・スペシャリストだ」アインシュタインが答えた。「1＝1＝ヘルムが孵化基地に連れてきた。ダヴのDNAコードを使ってクローンをつくり、本人と戦わせて、かれを凌駕する戦士を生みだすために。ヘルムはそうやって、クローンのスーパー戦士軍団をつくりあげようとしている。だが、スタリオンにオクリルがいるかぎり、だれもかれを倒すことはできないだろう。ただ残念ながら、しばらく前から姿が見えなくなっている。それを探していて、手がかりを得てここにきたのだ。どこか近くにいるにちがいない」

「すぐ近くだ」と、タウレク。「われわれもいっしょに探そう。いいな、アルバート・アインシュタイン？」

「それでいい」

「この男がいきなりあらわれて、われわれが探しているオクストーン人とオクリルのことを話しだすなんて、怪しいじゃないか」エラートが疑念を呈する。「1＝1＝ヘルムが、テラナーなら〝アルバート・アインシュタイン〟に敬意をしめし、すぐに話を信じると考えたのでは？」

「ありえると思う」ヴィシュナがいった。「いくら1＝1＝ヘルムでも、あなたがアインシュタインをひと目見て武器を落とすなんて、夢にも考えなかったでしょうし」

エラートはあわててしゃがみこみ、ブラスターをひろってベルトのホルスターにおさめた。

「わたしはその男を信じていない」と、タウレク。「だが、われわれにとって利用価値はあるかもしれない。わたしの隣りにこい、アインシュタイン！」

アインシュタインは顔をしかめたが、いわれたとおりにした。

コスモクラートは決然と、洞窟の左手の壁に近づいた。その部分がほかと違っているようには見えない。かれは長い時間をかけ、プレートを動かせるかどうか調べた。動かせないとわかると、ベルトからちいさな箱をとり、そこから銀色に輝く小球を五つとりだした。それをあるパターンで床に置いていく。

かれが指先で箱の側面をなでると鋭い破断音が響き、小球が五つの、こぶし大の銀色のピラミッドに変形した。

タウレクがふたたび指先で箱の側面をなでる。

ピラミッドが消え失せ、かわって一辺が三メートルほどの黒い立方体が出現した。表面は流動しているように見える。

タウレクがエラートを指さした。

「オクストーン人とオクリルは次元の裂け目にできた時空の襞（ひだ）のなかにいる。そうでなければマルチ探測機で見つけられなかったはず。ここに通路をつくった。だれでもなかに入れるが、オクストーン人とオクリルを救出するまで意識を守ることができるのは、きみのヴィールスの肉体だけだろう」

「なにから意識を守るんだ？」エラートが不承不承たずねる。

「セクスタディム効果から」コスモクラートはそう答え、唇を嚙んだ。ゆがんだ笑みを浮かべてツバイを見ると、「失礼、コスモクラートのたわごとだ。たぶんきみのいうとおり、これは思念と感情を持つ存在の夢なのだろう。つい科学用語にこだわってしまった」

「なんの話だ？」ツバイが怪訝な顔をする。

「おぼえていないの？」イルミナが問いかえした。「あなた、ふたつの名前をいってたわ。シヴァウクとナウヴォアク」

ツバイは首を横に振った。

「なにも思い当たらない」

「もうおぼえていないんだろう」と、エラート。「これ以上ぐずぐずしていたくない」かれは立方体を指さした。「揺らめいているようだが」

「時空の襞が脈動しているせいだ。異状ではない」と、タウレク。

「異状ではない？」かれはしばらく内心の声に耳をかたむけ、左右に首を振った。「第三勢力以降に経験したことはすべて、それ以前なら異状といわれていただろう。では……

……またあとで会えることを願う！」

「オクリルには注意しろ！」ツバイが叫んだ。

だが、エラートはすでになかば黒い立方体のなかに消えかけていた……

＊

耳を聾する音がして、メタモルファーは大型投石器で撃ちだされた気分だった。からだが無数のヴィールスに分裂しそうになるのを懸命におさえる。

目の前の壁面が電光をはなっているのを見たとき、かれは思わず両手で顔をおおい、衝突のショックをやわらげようとした。

だが、衝突は起きなかった。

両手をおろすと、自分が一種のエネルギー球の上に立っているのがわかった。いつのまにかそこに着地していたようだ。仮想の大型投石器からマッハ十で射出されたように感じたのだが。

雷鳴を思わせるとどろきがかれの注意を引いた。周囲を見まわしてみたが、すぐにはなんの音かわからない。閃光がヴィールスの目をくらませることはないが、周囲のものがぼやけて見にくくなった。

頭部を不意打ちされたのはそのせいだった。まるで蒸気杭打ち機で頭を一撃されたようだ。同時に強いオゾン臭を感じる。かれはよろめいた。もっとも、ヴィールスのからだはブラスターの攻撃にも抵抗できる。よろめいたのはたぶん閃光のせいだろう。

かれの脳裏に思い浮かんだのは、オクストーン人のスタリオン・ダヴといっしょにいるはずのオクリルのことだ。オクリルは長い舌を使って電気ショックをあたえることができる。その強さを調整して、生命体を気絶させたり殺したり、あるいはテルコニット鋼を溶かしたりすることさえできるはず。その一撃を受けたのだ……通常の人間だったら、まちがいなく死んでいただろう。

メタモルファーは着地した場所からゆっくりとはなれた。オクリルからの次の攻撃が予想される以上、この場にとどまってかんたんな標的になりたくはない。ただ、ブラスターに手をかけることはしなかった。オクリルの電気ショックでブラスターが破壊され、エネルギー弾倉が爆発するのを警戒したのだ。

さらに周囲のようすを探ると、問題は視覚だけではないことがわかった。状況がほとんどわからないのは、閃光が意識を攪乱(かくらん)しているせいだ。まるで、信じられないほど現実的な夢のなかに脳が突っこまれ、すぐに引きあげられているかのようだった。

かれをこんな状況に投げこんだコスモクラートに向かって悪態をつく。タウレクはたぶん、自身がこの攪乱状態におちいるのがいやで……いかにもコスモクラートらしく、補助種族であるテラナーに面倒を押しつけたのだ。

だが、その非難に正当性がないことはエラートも自覚している。かれはもうテラナーとはいえない。かつてテラナーだったエルンスト・エラートの意識を持つ、ヴィールス・インペリウムの派生物だ。だからこそタウレクも、かれならこの時空の襞のなかで生きのびられると考えたのだろう。

獣がうなるような声につづいて神経にこたえる咆哮が聞こえ、影が飛びかかってきた。エラートは反射的に個々のヴィールスに分裂した。

オクリルはとてつもなくすばやかった。メタモルファーは心臓が一拍するあいだに分裂を完了したが、獣は口と前肢でブルーがかった雲に襲いかかってきた。本能的にそれが敵だと感じたのだろう。前肢を振りまわし、分裂したヴィールスをできるかぎりのみこむ。

ヴィールスはオクリルの肉体の分子のあいだをすり抜けた。その行動原理にしたがって、皮膚から体外に出ようとする。だが、獣の皮膚の分子構造はきわめて緻密で、すり抜ける隙間を見つけることができなかった。ヴィールスはからだの奥にもどり、肺に集まると、そこから呼気とともに脱出する。

エラートは二、三分後にはもうもとにもどり、オクリルの前に立っていた。そのあいだに視覚も適応し、光学的なものをはじめ、この場に施された妨害条件をほぼ排除し、感覚と機能を強化していた。影のような獣の姿も見えるようになる。とくにその目ははっきりと見えた。無数の切子面からなる複眼が魔術のように短い間隔できらめき、ブルーから黒に、またブルーにと変化しつづけている。

同情心がエラートのなかにひろがった。獣の目に魅了され、無防備になる。

「自分がオクストーン人でなくて残念だ。もしそうなら、おまえにどう呼びかければいいかわかったのだろうが」

オクリルは頭をもたげ、鋭い声をあげて緊張を解いた。ふたたび頭をさげ、閃光がほかよりもやや弱いところに向かっていく。

よく見ると、一ヒューマノイドが床に横たわっているのがわかった。肩幅が異様にひろい。

「オクストーン人か！」エラートは思わず叫んだ。

警告するようなオクリルのうなり声で、駆けよるのはやめておいた。だが、長く待てないのは明らかだ。スタリオン・ダヴは、まだ生きているとしても死の縁にいるようだし、閃光のせいで正気を失いかけている。

「おまえの主人を助けたいだけなんだ、オクリル！」と、熱心に声をかける。「たのむ、そこに行かせてくれ！」

オクリルはオクストーン人の前に立ちはだかり、エラートの行く手をさえぎる。その喉から低いうなり声が響いた。真っ赤な舌が出たり入ったりしている。

落雷のような音がとどろき、オクリルとエラートは同時に飛びあがった。四メートルほどの高さで両者のからだがぶつかり、どしんと床に落下する。

メタモルファーは意識をたもっていたので、閃光を背にしたヒューマノイドの姿を認めることができた。顔はわからないが、荒々しい、野放図な黄色い目を見れば明らかだ。

タウレク！

コスモクラートはいきなり膝をついた。〝ささやき服〟が音をたてる。

「お慈悲を！」タウレクが懇願する。「優越する光の監視者よ、わたしを殺してかまわないから、それをとり去ってください！」

エラートはひざまずいたコスモクラートを見て快哉を叫んだが、いまはそれを恥じていた。閃光が引き起こす幻覚が、明らかにタウレクにも影響している……そうなることはコスモクラートもわかっていたはず。それでも、そのリスクから逃げなかったのだ。エラートとオクストーン人とオクリルを見捨てたくなかったから。

「タウレク！」かれは叫んだ。「もどってくれ！　わたしひとりでやれる！」

コスモクラートはすすり泣くばかりだ。床に腹這いになり、エラートのほうに這いよってくる。そのからだはまるで銃弾の雨に打たれたかのように、びくびくと痙攣していた。

エラートはそれを見て、あらたな力が湧きあがるのを感じた。よろよろとからだを起こし、四つん這いになって、身動きしないオクリルとオクストーン人のほうに近づく。

信じられないくらい重いダヴのからだを持ちあげようとする試みは、七回も失敗した……ヴィールスの肉体の力をもってしても無理だったのだ。エラートがあきらめかけたとき、タウレクがなにかいった。だが、声がちいさくて、なんといったのかわからない。

「もっと大きな声で！」

「1＝1＝ヘルムが……われわれに……気づいた！」コスモクラートがとぎれとぎれに声を高める。「通路を……過負荷に……する気だ」

ようやくエラートも理解した。

時空の襞の通路は、エネルギーで過負荷になったら作動しなくなる。あとは狂気よりも先に死が訪れることを願うしかできない。

かれはもう一度、オクストーン人を持ちあげようとした。こんどはうまくいった。オクリルがいきなりかれに手を貸し、主人のからだの下にもぐりこんだのだ。二名と一頭はよろめきながら時空の襞のなかを動いた。

「案内をたのむ、タウレク！」エラートがいった。「もどる道がわからない」

心底驚いたことに、コスモクラートはくすくす笑った。次の瞬間、その周囲が……ダヴとオクリルとタウレクも巻きこんで……真っ暗になった。またしても大型投石器で撃ちだされるような感覚が襲ってきた。

気がつくと、エラートは洞窟の床の上に立っていた。ダヴとオクリルのようすを見る。オクストーン人はうめいて、目をぐるぐる動かしていた。オクリルは鼻を鳴らしている。タウレクはその場に倒れこみ、ヴィシュナがそれを支えた。エラートは時空の襞への入口になった黒い立方体を見やった。そのかたちはいびつにゆがみ、ゆらゆらと、まるで嵐のなかの蠟燭の炎のように揺れている。どこからかうつろな咆哮が響いた。

「移動しないと！」ヴィシュナが急きたてるようにいった。

彼女はタウレクの横に膝をつき、床に倒れて身動きしないかれのこめかみをさすっている。

「だが、どこに？」と、ツバイ。「長距離のテレポーテーションはできそうにない」

「ここからはなれられれば、それでいいわ。立方体が過負荷になって崩壊したら、時間内破が起こるはず。できるかぎりはなれていたいわね」

彼女はベルトの物入れからなにかをとりだした。大昔のボールペンに似ている。その尖った先端を、タウレクの頭から十センチメートルほどはなして、耳から耳にはしらせる。中央部付近の透明な表面が閃光を発し、タウレクのからだが瞬間的に硬直。かれは鋭い悲鳴をあげ、ぐったりとなった。

ヴィシュナが道具をしまう。

「強制救命装置よ。脳が焼き切れる恐れはあるけど、すぐにいつもの状態にもどるはず。

ラス、たのむわ！　ここからはなれないと！」

「こっちに集まって！」ラスがいった。

エラートはその目に恐怖の色を見てとった。

「全員いっしょでなくてもいい」

テレポーターが首を横に振る。

「孵化基地内で正確なジャンプができるとはかぎらないから、ここにもどってこられないかもしれない。全員いっしょだ」

「オクリルを！」イルミナが呼びかけ、ツバイの手をとった。「わたしはあれに触れそうもないわ」

エラートはまだオクストーン人によりそっている獣に目を向けた。

「こい、オクリル！」ダヴのからだにまわした腕に力をこめ、ツバイが待つ反重力プラットフォームのほうに引きずっていく。

全員がプラットフォームに乗りこんだとき、うつろな咆哮が甲高い吠え声に変わり、黒い立方体がはげしく揺らいで、徐々に拡大しはじめた。オクリルは狂乱した。パニックじみた混乱が生じ、ツバイはとてもテレポーテーションできそうにない。

鋭い叫び声が響いた。

オクリルがたちまちおとなしくなる。

エラートは驚いたが、すぐにそれがヴィシュナの声だと気づいた。彼女が手を伸ばすとオクリルが駆けよってきて、そのてのひらに口を押しつけた。

「ヒーング！」ヴィシュナがささやく。「ホアッラマアルン！」

オクリルはからだを伸ばし、まっすぐに彼女の目を見つめた。コスモクラートが大きな前肢の片方をとり、ツバイのほうに導く。獣はおとなしく、まるで子羊のようだ。混乱のなかでプラットフォームから滑り落ちていたテレポーターは、ヴィシュナにいわれるまま、オクリルの背中に腰をおろした。メタモルファーは息をのんだが、オクリルはおとなしくしている。

全員がツバイと接触した。オクストーン人もプラットフォームの上に横たわっている。エラートがかれのグラヴォ・パックを操作したのだ。全員ができるかぎり急いで行動する……スタリオン・ダヴだけはまだ意識がもどらず、ときおりうめいているだけだが。

「そろそろ限界ね！」ヴィシュナが黒い立方体を指さしていった。

一辺の長さはいまや八メートル以上あるだろう。膨張はとまったようだが、表面には光が反射しているように見える。反射するような光源はどこにもないのに。

「行くぞ！」ツバイが叫んだ。

エラートは宇宙が崩壊したように感じた。

次の瞬間、なだらかな斜面を転がり落ち、天国のような公園の、腐葉土の地面の上でとまる……ヴィシュナ、タウレク、イルミナ、ラス、それにオクストーン人とオクリルとアインシュタインもいっしょだ。

「1＝1＝ヘルムの保養地のようだな」ツバイがいった。全員が急いで立ちあがる……オクストーン人だけはまだプラットフォーム上に横たわっていた。

公園内に鋭い破断音が響いた。空から淡いブルーの光を投げていた人工恒星が消える。あたりが暗くなった。

「時間内破の無害な副作用よ」ヴィシュナが説明する。

人工恒星はふたたび輝きだしたが、光は淡いブルーではなく、濁った赤に変わっていた。寒風が勢いよく公園を吹きわたり、花々や木の葉を凍らせ、腐葉土を凍てつかせる。

「無害な副作用ね！」イルミナがからかうようにいい、身震いする。

「すべては相対的なんだ」エラートがいい、アインシュタインに冷たい視線を向けた。「そうだろう、教授？」

アインシュタインは白髪頭を左右に振った。

「すべてではない。たとえば、相対性は相対的ではないからな」

5

スタリオン・ダヴは甲高い悲鳴をあげて飛び起きた。だが、すっかり見慣れたオクリルの顔を見て、すぐにおちつきをとりもどす。

獣は鼻面をかれにこすりつけ、舌先でかれを〝くすぐった〟。中程度の電撃がはしり、横隔膜を痙攣させる。

「やめろ、ペルーズ」ダヴは笑いながらいった。

オクリルはすぐにその場をはなれ、鼻を鳴らし、宇宙船内用のコンビネーションを着用した女に近づいていった。

「ベリーセだ！」ダヴは驚きと陶酔の声をあげた。

だれかの笑い声がする。男の声だ。振り返ると、セラン防護服に身をつつんだ身長一・八メートルほどのヒューマノイドの姿が見えた。顔の皮膚はブルーがかっていて、頭髪はない。目はまるできらめくガラスマーブルだった。

「エルンスト・エラート？」オクストーン人はつぶやいた。その姿は3Dヴィデオのニュースで見たことがあった。

「そのとおりだ、スタリオン・ダヴ」エラートがいい、ベリーセのほうに顔を向けた。「ちなみに、あれはコスモクラートのヴィシュナ」さらにべつのほうを指さす。「向こうにいるのはタウレク、ラス・ツバイ、イルミナ・コチストワだ」そういって、ふたたび視線を転じる。

だが、ダヴが先に旧知の男を指さした。

「それに、アルバート・アインシュタインですね」

まばたきをして、ふたたび女コスモクラートに目を向ける。

「あなたはベリーセでしょう。どうしてエルンスト・エラートはヴィシュナと呼んだんです？」

「ヴィシュナだからさ」メタモルファーがおもしろそうにいう。「彼女の特性で、ほかの知性体にはベリーセと認識される。わたしもいまだにときどき間違えるくらいだ。よく知っているはずなのに、ベリーセを見て、いや、ヴィシュナだったと考えなおすことがある」

「へえ！」オクストーン人はよくわかっていないようだった。「では、あなたがわたしを見たらだれだと思うんです？」

「きみはスタリオン・ダヴだろう？」

ダヴは首を横に振った。

「オマール・ホークです。スタリオン・ダヴを見たら、それはオマール・ホークということ」

「あなたたち、貴重な時間をむだにしているわ!」ヴィシュナがいい、オクリルの頭を軽くたたいた。

「気をつけて!」ダヴが声をあげる。「オクリルは人の好意に食いつくことはせず、その人間に食いつくんです。どうしてだれも笑わないので? ああ、ベリーセは人間では……いや、ヴィシュナでしたか。コスモクラートはおいしくないのかもしれない。どうなんだ、ペルーズ?」

オクリルは笛を鳴らすような声をあげ、ひと跳びでダヴのそばに行くと、またヴィシュナのところにもどった。後肢をたたんですわり、賢そうな目で挑むようにオクストーン人を見る。

エラートは咳ばらいした。

「どうしてヴィシュナがオクリルとうまくやれるのか、たずねるつもりはない。ただ、ふたつだけ、答えてもらいたい質問がある。第一、〝優越する光の監視者〟とはだれだ、タウレク?」

コスモクラートはメタモルファーの挑戦的な視線を受けとめた。猛獣のような黄色い目だけが燃えあがっている。

「知らない」

「時空の襞のなかで呼びかけていたではないか！」

「なにもおぼえていない」と、タウレク。「優越する光の監視者？　聞いたこともない！」

「わたしもよ」エラートの問うような視線を受け、ヴィシュナがいった。「もどってきたとき、タウレクは混乱しきっていたわ。時空の襞のなかでプシオン性の影響を受けて、正気を失いかけていたんでしょう」

「わたしも幻覚を見ました」ダヴがいった。「意識を失わなかったら、狂気におちいっていたでしょう」頭頂部をなで、痛みに声をあげる。「こぶができている。このせいで意識を失ったようです。ただ、怒ったマムスのように走りまわり、頭を壁にぶつけたのはおぼえています。そうでなければ、オクストーン人の頭にこぶができるわけがない」

満足そうな鼻息の音を聞き、オクリルに目を向ける。

「ああ、おまえがやったのか！」

「サンドブラスター療法を施してやるといい」ラス・ツバイがいった。「オクリルはサンドブラスターが好きだと聞いている」

エラートはため息をついた。

「わたしの最初の質問は答えてもらえないようだ。では、第二の質問。スタリオン、孵化基地のことをどれくらい知っている？」

オクストーン人はかすれた笑い声をあげた。

「故郷に帰りたいと思うくらいには充分に知っていますが……基地内を案内できるほどではありません。あなたたちはどこからきたんです？」

かれはふと、多目的アームバンドに視線を落とした。とたんに蒼白になる。

「どうした？」エラートがたずねた。

ダヴは固唾をのんだ。

「わたしが……そのう、女か男かわからないチャンの罠にはまって時空の襞に閉じこめられたとき、日付は二月十日でした……それがいまは三月十二日になっている。気づかないうちに、また時間を跳躍していたようです」

「〝また〟というが、きみはいつから孵化基地にいるんだ？」

「NGZ四二七年九月四日からです」と、オクストーン人。「二百の太陽の星からここに連れてこられました」

「では、その後の状況の進展を知らないわけか」と、ツバイ。

「あなたが思うほど知らなくはないはず。たとえば、アンドロ・ベータでムリルの武器商人が無力化されたこと、カッツェンカットの二度めの攻撃が失敗に終わったことは知っています。無限アルマダが到着し、ペリー・ローダンが誘拐されたことも、時間巡回者を味方にして状況を逆転させ、時間エレメントを十戒から解放したことも」

「それだけか？」

「ええ、これでぜんぶです」ダヴが答える。

「では、つけくわえると、十戒は小マゼラン星雲に向かう無限アルマダにくりかえし攻撃をくわえたが、すべて撃退された。マゼラン星雲での行動も失敗し、十戒はほとんどの仮面エレメントを失った。それが二日前のことだ」

「それは朗報です。でも、あなたたちがどこからきたのかという質問に、まだ答えてもらっていません」

「《バジス》からだ」エラートがいう。「船はランドⅠに向かっている。十戒はその惑星を再生させ、そこに二百の太陽の星から奪ってきた中央プラズマをかくしているのだ。われわれがここにより道したのは、ペド転送機と孵化基地の転送コードを入手したから。ほんとうはランドⅠに到着してからくるはずだったが、ティリクにいわれてすぐに行動した」

「ティリク？」

「一コスモクラートだ」エラートが答え……そのさいオクストーン人は、タウレクがレモンをかじったかのように顔をしかめたのに気づいた。

「ま、そちらにも急ぐ理由があったわけですか。ですが、中央プラズマがランドⅠにあるなら、この孵化基地にあるというにせチャンの話は嘘だったことになりますね」

「その話はやはり気になる」タウレクがいった。「つまり、わたしはティリクを信用できないのだ」

「チャンによると、孵化基地内の黒の領域というところに、プラズマ怪物がいるそうです」と、オクストーン人。「そこは厳重に監視されていて、到達するには闇の城のバリアを突破する必要があるとか」

「じつに謎めいていて、いかにも眉つばものだな」と、エラート。

ダヴはにやりとした。

「わたしの眉じゃありませんよ……あなたの眉でも」

「黒の領域というのを見てみたい！」タウレクが熱心にいった。「もしポスビの中央プラズマが孵化基地にあるなら、ランドⅠには存在しないことになる。ティリクが嘘をついたということ」

「どうしてそんなことをする必要が？」エラートが疑念を呈する。「とはいえ、せっかく孵化基地にいるんだ、中央プラズマがあるかどうか、調べてみるべきだろう」

「問題はどうやってたどり着くかだが」ツバイが指摘する。

「スタリオンはそこに行く途中だったんでしょう」イルミナがいった。

「テラの古い表現でいう〝レッド・ヘリング〟だろう」ツバイがにやりとしていう。

「ギャンが下に行かせたのなら、そっちは間違った方向だ」

「わたしもそう思います」ダヴが弱々しくいった。

オクリルが笛の音のような声を出し、かれは顔をあげた。

「どうした、ペルーズ？」

オクリルはひと跳びでかれの横に立ち、からだのまわりを一周してから、口をオクストーン人の左のてのひらに押しつけた。

「案内したがっている」ダヴがとまどったようにいう。

エラートが笑い声をあげた。

「われわれを黒の領域に連れていくつもりじゃないだろうな！」と、からかうようにいう。「きっとそこには……」

言葉がとぎれた。オクリルが左の前肢でかれの足をはらったのだ。そのあとダヴのそばにもどり、二度、鼻を鳴らした。

「これではっきりした」と、エラート。「ほんとうに黒の領域に案内しようとしているようだ」

「ペルーズは賢いんです」ダヴが誇らしげにいう。

「賢い動物というだけでは説明がつかない」ツバイがいった。「オクリルのことはよく知っているが、ほんものの知性を有するオクリルというのは聞いたことがない。すくなくとも、いままでには」

ダヴはいいかえそうとしたが、反論の言葉が見つからないことに気づいた。

かれはオクリルの鼻面を軽くたたき、正しい方角に押しやられるまま進みはじめた。

ほんとうにそれが正しい方角だといいのだが……

*

「グルウテの群れだ！」エラートがささやいた。

メタモルファーとスタリオン・ダヴとオクリルはほかの者たちよりも先行し、前方の原物質の泡の状況を偵察していた。

ふたつの泡をつなぐトンネルの開口部の手前で足をとめ、なかをのぞく。正面下方に巨大な空洞があり、その壁面から無数の、長さ数キロメートルもある棒のようなものが突きだしていた。棒は半透明で、なんなのか判然としない塊りが泡の外からなかに安定して流れこんでいるのが見える。

塊りは泡のなかに噴出し、さまざまなエネルギー・シールドで成型処理されて、五百個のT字形構造体になった。横桁（よこげた）の長さは十五メートルから二十メートル、尾部は七十メートルから百メートルほどある。

しかも、それらは生きていた！

空間エレメントの透明外殻の内部は色彩豊かで、脈動する臓器が見え、皮膚からは無数の指のような、やはり透明な突起が伸びていた。横桁の正面には中型車のタイヤくらいの大きさの半球が六個ならんでいる。貯蔵エネルギーの放射極らしい。銀河系文明に属する宇宙船の多くが、この有機ビーム兵器とすでに邂逅（かいこう）していて……そのすべてが生きのびたわけではなかった。

「奇妙だ！」エラートがいった。「完成しているのに、まったく動きだそうとしない。いつもあんなに活動的なのに」

「まだ未完成なんでしょう」と、ダヴ。「原物質からつくられているのは見ればわかりますし、内臓があるから、グルウテはマシンではありません。たぶんこのあと合成意識のスイッチが入って、それで完成となるんでしょう」

「筋は通るな」メタモルファーがいった。「いずれにせよ、ここに用はない。ひとつ前の泡までもどって、べつの泡に向かおう」

「わかりました。おまえはどう思う、ペルーズ？」

オクリルは同意するように鼻を鳴らし、かれらは踵（きびす）を返してトンネルを引き返した。全員、目はずっと閉じている。閃光とその奥のシンボル映像のせいで、意識が影響を受けるから。オクリルだけはなにも感じないようだった。

エラートが状況を報告し、かれらはオクリルの助けを借りて、べつの原物質の泡に向かった。たどり着いたのは戦争エレメントを生産する遺伝子工場だった。

テラのカニに似た、銀色の外被を持つ十二本足の合成体が、数百万体も製造されている。それらもエネルギー・フィールドで原物質に手をくわえてつくられていて、そのあと舟形の搬送ベルトのなかに降り注ぎ、泡の外へと運ばれていた。

それらもまた、グルウテと同じように、いつになく不活発だ。

「戦争エレメントとグルウテがどこで合成意識を獲得するのか知りたい」タウレクがいった。「同意が得られるなら、黒の領域を探すのはあとにして、あの搬送ベルトにまぎれこみたいのだが」

「むずかしくはないだろう」と、ツバイ。「ロボットや監視はどこにもいないようだから。見たところ、〝できたて〟のカニたちはほうっておかれているようだ」アインシュタインに問うような視線を向ける。「なにか知っていることは?」

「戦争エレメントが合成意識を獲得するのは貯蔵基地でだ……空間エレメントも」アインシュタインが答えた。

「貯蔵基地で?」ダヴが驚いて問いかえす。「そこはエレメントの支配者が、マルチデュプリケーターやサコダーのような高度技術装置を保管している場所だと、にせヂャンはいっていたが」

「ますます好都合ね」と、ヴィシュナ。「貯蔵基地に向かいましょう!」

「貯蔵基地に入れるのは1＝1＝ヘルムとカッツェンカットだけだそうです。当然、資格のない者を排除するための見張りがいるはず」と、ダヴ。

「なんにでもリスクはつきものよ」イルミナがいった。

「では、決まりだ」と、タウレク。「戦争エレメントの下にもぐりこんで、びっくりさせてやろう!」

「わたしは行かない!」アインシュタインが声をあげた。

「どうして?」ダヴが不審そうにたずねる。

「わたしにとってはリスクが大きすぎる。そういうことに関与するメンタリティは持っていないんだ」

「1＝1＝ヘルムの側につく気じゃないのか」オクストーン人が指摘した。「あいつにつくられた存在なんだから」

「きみたちには信じられなくても、わたしはまず第一にアルバート・アインシュタインなのだ」と、白髪の男。「1＝1＝ヘルムは完全性を追求するなかで、わたしの合成ÜBSEF定数をオリジナルのアインシュタインそっくりにつくりあげた。わたしが裏切るなどとは考えもしていないし……かれの直接制御下にあったなら、わたしもそんなことはしなかったろうが、いま、わたしはかれの制御をはなれた。今後もそれは変わらない。わたしは増強基地に行き、モジャという名前のアストラル漁師を探すつもりだ」

ペルーズがかれを見て、鼻を鳴らした。

「アストラル漁師？」ツバイが驚いたようにたずねる。「聞いたことのない職業だな」

「モジャという男は泥棒でね」と、アインシュタイン。「五次元構造体を漁獲している。つまり、知性はあるもののÜBSEF定数を持っていないプシオン性エネルギーを」

「それは泥棒ではないだろう。そうした構造体はだれのものでもないのだから」タウレクが指摘する。

「だれのものでもあるのよ」ヴィシュナがおだやかに訂正した。

「その話はあとでいい」と、ツバイ。「そのモジャという男はどんな種族に属するんだ？　モジャはどうやらあだ名のようだが……」

「テラナーですよ」ダヴが答えた。「本名はギフィ・マローダーです」

「どうして知っている？」と、ツバイ。

「かれのプシ兄弟から聞きました」オクストーン人はとまどったように頭を掻いた。

「ばかげた話に聞こえるでしょうが、モジャの潜時艇が破壊されたとき、かれが漁獲して保管しておいた五次元構造体が解放されたんです。それらがモジャのÜBSEF定数のかけらと融合し、プシ兄弟になったとか。おかしなことに、わたしがペルーズと友になったときから、なんのシュプールものこさず消えてしまいましたが」

「プシ兄弟に、潜時艇に、アストラル漁師か！」ツバイがつぶやく。「冒険的な響きだが……たしかにいささかばかげている。そんなものが存在するなら、どうして宇宙ハンザやGAVÖKがなにも知らないんだ？」

「さあな」と、アインシュタイン。「もう行ってもいいかね？」

「わたしはかまわない」と、ツバイ。「反対の者は？　だれもいない？　きみもそれでいいか、スタリオン？」

ハンザ・スペシャリストはうなずいた。

「かまいません、ラス。アインシュタインの言葉に嘘はないでしょう……わたしもぜひギフィ・マローダーに会ってみたいですし」そこで考えこむ表情になる。「ですが、ここで別れたら、どうやって合流します？」

アインシュタインも困った顔になった。

そのときオクリルがダヴの手を口で押しやり、アインシュタインに近づいてその横に立つと、期待するような目を主人に向けた。

「おまえがいっしょに行くというのか？」ダヴはあっけにとられた。

ペルーズは鼻を鳴らし、鼻面をアインシュタインの膝に押しつけた。

白髪の男が目をまるくしてささやく。

「どうかわたしのことを友として偲んでもらいたい、みなさん。このからだがオクリルの胃袋に負担にならないといいのだが」

「もちろんだいじょうぶだ」ダヴがおもしろがっていう。「あんたはテラナーとしても細いほうだからな。ただ、ひとつたのみがある。そのみすぼらしいガウンだけは、食べられる前に脱いでやってくれ」

かれは大声で笑い、オクリルは歩きだした。これ以上ないくらいゆっくり歩いているが、それでもアインシュタインは息を切らして走らなくてはならなかった。

＊

「さて、やっとか！」可視光のあらゆるスペクトルに輝く謎めいたエネルギー泡が見えてくると、スタリオン・ダヴが叫んだ。銀色の戦争エレメントはそこに向かって流れていく。「貯蔵基地に通じるペド転送機だ！」

「ヘルメットを閉じろ！」エラートがイルミナとツバイとオクストーン人にいった。

「最悪の事態にそなえなくては！」

「カニも煮立った鍋に投げこまれるときそういうでしょう」ダヴがいい、大声で笑う。だが、状況はおもしろいどころではなかった。《バジス》の派遣コマンドといっしょに原物質の泡に突っこみ、無数の戦争エレメントに混じって舟形の搬送ベルトに乗り、たっぷり一時間以上も遺伝子工場の内部を流れてきたのだから。

銀色のカニのような合成体のなかに首まで埋まっているのはなんとも気分が悪い。ただ、戦争エレメントは無反応で、こちらの存在に気づいてもいないようだ。それでも銀色の流れをのみこんでいくペド転送機を目にしたダヴの心中は、気分が悪いという言葉ではとてもあらわしきれなかった。

それは、この上位次元エネルギー構造体がこれまでに見たなかで最大の……直径が五百メートルをゆうにこえる……ペド転送機だからというだけではなかった。むしろ自分自身のおろかさに気づいたせいだ。エレメントの支配者が貯蔵基地にマルチデュプリケーターやサコダーを保管していると話してしまうなんて。

にせチャンはほかになにを話していた？

〝貯蔵基地は十戒の至聖所〟だといったではないか！

いまとなっては、面目を失わずに中止を提案するのは不可能だ。十戒は資格のない者を絶対に入れようとしないだろう。口頭で禁止するだけでなく、実質的な排除手段を用意しているはず。両コスモクラートが最悪の事態を避けられるような、なんらかの装置を持っていることを願うしかない。

まわりを見ると、仲間たちの頭が戦争エレメントの流れの上に突きだしていた。ツバイの透明ヘルメットの上で銀色の戦争エレメントが無気力に肢を動かしている。ダヴは思わず笑ってしまった。

ペド転送機が近づいてくる。ダヴは下にもぐろうとしたが、うまくいかないまま、非実体化した。

ふたたび実体化。

そして吐きだされる。

「ベルトからジャンプして!」ヴィシュナが叫んだ。「戦争エレメントからはなれるのよ!」

ダヴは両腕を漕ぐように動かし、やすやすと銀色のカニの流れから抜けだした。舟形の搬送ベルトの縁に腰をおろし、アーチ門の柱のあいだに消えていく戦争エレメントを眺める。その向こうではエネルギーが燃えあがり、脈動していた。どうやらそこでカニのパラメカ性疑似意識が作動しはじめるようだ。

あそこに行ってはいけない! ダヴはそう思った。戦争エレメントの意識が付加されたら、自分の意識がどうなってしまうかわからない!

振り向くと、イルミナが見えなくなりかけていた。ツバイが懸命に彼女に近づこうとするが、かれ自身も戦争エレメントのあいだを〝漂流〟していて、うまく移動できないらしい……パラ物理的な理由から、あの流れのなかでテレポーテーションもできない。エラートもイルミナを探しているが、見つけられずにいるようだ。

ダヴは両コスモクラートを探して周囲を見まわし、顔をしかめた。ふたりは搬送ベルトから抜けだしていたが、イルミナの捜索にはくわわらず、床に膝をついてなにかを測定している。

かれは即座に決断し、ふたたび銀色のカニの流れのなかに飛びこんだ。肉体の強靭さはエラートほどではないかもしれないが、メタモルファーと違い、環境適応人として生まれてからずっとその肉体を使いつづけ、あつかい慣れている。

それでも、だめかと思えた。

銀色の流れの底を力なく漂っているイルミナを発見したのは、消滅ゲートからほんの数メートルのところだった。そっと彼女を抱きかかえ、両足で底を蹴る。

頭が流れの上に出ると、アーチ門はすぐ目の前だった。恐怖に駆られて流れから出ようともがき、飛翔装置のスイッチを入れる。

かれはすぐにヴィシュナとタウレクのそばに着地した。イルミナのからだを慎重に床に横たえ、ツバイとエラートのほうを見る。

メタモルファーがちょうど搬送ベルトの縁をこえてくるところだった。テレポーターを左腕でかかえている。かれは奇妙にだるそうな動きで近づいてきた。

オクストーン人はそのときようやく、自分がひどく疲れていることに気づいた。かれの体力は通常のテラナーの三倍くらいあるが……それでも充分ではなかったようだ。

「ペド転送の影響でしょうか？」ダヴがコスモクラートにたずねた。

「違う！」タウレクが扇形の装置から顔をあげて答えた。「ここには上位次元の影響があるようだ。生命力を吸いとるような」

「n次元吸血鬼かなにかがいるのか？」エラートがかすれた声でいった。「くそ、どうやって生命力を吸いとっているんだ？」

かれは膝を折ってツバイを自分の前にかかえ、テレポーターがけがをしないようにした。

「イルミナはどうだ？」ツバイが弱々しくたずねる。

ダヴはすでにサイバー・ドクターを作動させ、彼女が意識を失ってはいないものの、消耗しきっていることを読みとっていた。だから戦争エレメントの流れから抜けだせなかったのだ。

かれも膝をつき、顔を上に向けた。はるか頭上に鈍いグレイの丸天井が見え……さらにあたりを見まわした結果、そこが巨大なグレイの泡のなかであることがわかった。

そのグレイの壁を見るたびに、力が抜けていくように感じる。

「資格のない者を排除するための罠だ！」力を振り絞って叫ぶ。「あのグレイの泡、あれがタウレクのいう、生命力を吸収する力の視覚的な効果なんだ」

「興味深いわ。わたしも同じ結論に達したところよ」ヴィシュナが右手に持ったてのひらサイズの黒い金属円盤をのぞきこみながらいった。裏側にはぼんやりした文字がすばやくあらわれては消えている。「タウレクとわたしで対処法が見つけられるはず」

ダヴは信じられないという目で彼女を見つめた。

「対処法を見つけるだって、ベリーセ？　とても本気とは思えない。われわれ、それが見つかる前に死んでしまいますよ！」景色がぐるぐるまわりだし、かれは目を閉じた。それでもしゃべるのはやめない。「一刻も早くこのグレイの泡から脱出しなくては！あなたがたコスモクラートは、あの吸収力だかなんだかが、細胞活性装置でも打ち消せないことに気づいていないんですか？　ラスとイルミナを見てください！　生きているというより、死体に近いくらいだ。まにあうようになんとかできるわけがない」

かれは笑ったが、その声は絶望のうめきに変わった。体力が思った以上に早く消耗しているのだ。

「われわれ、貯蔵基地を出る！」遠くにタウレクの声が聞こえた。「補償フィールドを展開した。わたしの周囲数メートルでは吸収効果が四十パーセント減少する。全員がそのなかに入るよう、まわりに集まってもらいたい。たぶん、べつのペド転送機で孵化基地か増強基地に行けるだろう」

行けなかったら？　ダヴはそうたずねたかった。

だが、質問するだけの力がのこっていない。徐々に無気力になり、思考も明瞭ではなくなってきている。

それでも仲間のそばをはなれなかったのは、古代の群れの本能がのこっていたのかもしれない。四つん這いになって、貯蔵基地の次の泡に通じているはずのトンネルの入口をめざす。ときおり、遅れてしまったイルミナを引きずりもどした。エラートはツバイの面倒を見ている。

もちろんほかの方法もためしてみたが、セランのパラトロン・バリアも、コスモクラートの赤いエネルギー・バリアも、吸収効果に影響をあたえられない。おまけに、飛翔装置を使うと補償フィールドからはなれすぎてしまう。

ダヴがふと気づくと、かれらは透明なトンネルのなかを移動していた。そこでは吸収効果がそれほど強くないらしく、かれは徐々に力がもどってくるのを感じ、周囲のようすにふたたび意識を振り向けることができた。

そのとき突然、トンネルの壁の向こうに見える混沌としたイメージのなかに、様式化されたオクリルの姿が見えた！

「ペルーズ！」

オクリルが動きをとめ、トンネルのほうに大きく跳躍してダヴに近づいてきた。次の瞬間、その姿が消えてしまう。

「ペルーズ！」

仲間から遅れていることに気づき、急いで追いつく。次の原物質の泡までくると、吸収力がまた強くなった。消耗し、絶望の縁に立ち、それでも心折れることなく、銀色のカニの群れがあわただしく流れていく搬送ベルトのはしに向かう。その先には直径五十メートルくらいのペド転送機が待ち受けていた。

かれらはそこに引きよせられ、のみこまれ、分解し、放射され、再構成されて、吐きだされた……

6

「かれらが逃げた！」1＝1＝ヘルムがいった。「それもこれも、だれもが独力でわれわれの問題を解決できると考えたからだ。ヂャンがオクストーン人とオクリルを時空の襞に誘いこんだときに適切に報告していれば、逃げられることなどなかったはず」

「なぜわれわれに侵入者を狩るよう命じないので、ご主人？」スタリオン・ダヴのクローンがショック棒で合成オクリルを遠ざけながらたずねた。「われわれ、すでに数千体に達しました。適切な装備があれば、かんたんにコスモクラートを捕獲できるでしょう」

1＝1＝ヘルムは答えない。

孵化基地の指揮官は長身瘦軀のヒューマノイドの姿をとっていた。床にまで達する黒いローブをまとい、頭部はフードにおおわれていて……見えるのは顔だけだ。ただしそれは人間の顔ではなく、わずかにふくらんだゴールドの楕円だった。目も耳も、口も鼻もない。孵化基地の指揮官にして全技術エレメントの頂点であるかれにとって、そんなものは必要ないから。

目に見える姿さえ必要ない。ただ被造物や従者の服従対象を明確にするため、かたちをとっているだけだ。

かれが絶対的な服従をもとめるようになったのは、被造物のひとつ、アルバート・アインシュタインが十戒の敵と手を結んだからだった。ああした下位存在には、かれを恐怖させ、無条件に服従させなくてはならない。

ただ、アインシュタインはもうかれの興味の対象ではなかった。いまの標的は仲間とともにいきなり孵化基地内に出現した二名のコスモクラート、タウレクとヴィシュナだ。だが、スタリオン・ダヴのオリジナルのほうがさらに興味深い。ダヴは原物質から遺伝子操作でつくりだしたオクリルとともに、自分とオクリルのクローンを、戦闘でことごとく打ち倒したもの。

1＝1＝ヘルムは目の前で膝をついているダヴのコピイに軽蔑の視線を向ける。この被造物は両コスモクラートに全面的な注意を向けようとしなかった。それには理由がある。そうすれば自分と自分のオクリルがオリジナルとの戦いに投入されるとわかっていて……それが死の宣告に等しいことをよく理解しているからだ。オリジナルとそのオクリルは、理由は不明だが、絶対に打ち負かせないチームになっている。

残念なことに、1＝1＝ヘルムはオリジナルの連れているオクリルを解剖するという意図を押し通せずにいた。なぜそれがほかのクローン・オクリルよりも格段に強いのか、ぜひ知りたいのだが。かれらは侵入者がもたらした一時的な混乱に乗じて逃走した。1＝1＝ヘルムはその侵入者との闘争に忙しく、オリジナルとそのオクリルのシュプールを追跡できなかったのだ。

時空の襞の出口を過負荷によって閉じることには成功したものの、すでに手遅れだった。くわえて、侵入者のなかにはテレポーターがいて、いまいた場所から瞬時に消え去り、まるで予測していない場所に出現したりする。

孵化基地はひろすぎて、どの原物質の泡にいるのかわからない侵入者を狩りだすのは不可能だった。

そのとき、信号が鳴った。

1＝1＝ヘルムは通話フィールドを呼びだした。ゴールドの顔の前に、目に見えないフィールドが出現。見えないのはほかの者たちだけで、孵化基地の指揮官には見えている。それは貯蔵基地の監視役である一技術エレメントの姿だった。

「侵入者がここにいました」通話フィールドから監視者が報告する。

「貯蔵基地に？」信じられない話だ。

「はい。排除作用により追いはらわれましたが」

「いまどこにいる？」

「わかりませんが、増強基地だと思われます。そこに通じるペド転送機をくぐりましたから」

「それなら増強基地だな。聞いていたか、スタリオン・ダヴ？」1＝1＝ヘルムは返事を待たずに先をつづけた。「かれらは十戒の至聖所である貯蔵基地に侵入した。だが、両コスモクラートさえ、排除作用に対しては無力だった」

もっと話そうとしたかれは、黙りこんだ。ぞっとするようなネガティヴな精神感覚に襲われたのだ。その気になればいっさいの感情を遮断できると誇っている1＝1＝ヘルムでさえ、恐怖にとらわれる。

その瞬間、一ヒューマノイドの人影が、どこからともなく目の前にあらわれた。鎧のような黒い宇宙服に身をつつみ、ヘルメットは後部に収納している。その顔はほぼ人間だが、目はふたつではなく、額の中央にある輝く大きな複眼ひとつだけだった。

「ご主人、わたしは……」1＝1＝ヘルムはいいよどんだ。

「黙れ！」相手が冷たい声でいう。「おまえにいわれなくても、だれが主人でだれが従者かはわかっている。おまえはただ、両コスモクラートとその同行者三名をどこに捕えているかさえ報告すればいい」

1＝1＝ヘルムはエレメントの支配者に卑屈な視線を向けた。それがネガスフィアからきた存在だということはよくわかっている……たとえ、コスモクラートのティリクのマスクを装着していても。

「まだ捕らえてはいません」おどおどと答える。「テレポーターがいるため、捕らえられないのです」

「いまはどこにいる？」エレメントの支配者は威迫的にたずねた。「おまえが相対的に不死でありつづけるためには、ときどき処置を受ける必要があることを思いださせなくてはならないのか？」

「それはわかっています、ご主人」1＝1＝ヘルムは打ちひしがれていた。「コスモクラートと仲間たちは、たぶん増強基地にいます。グレイの排除作用で貯蔵基地から追いだされたので」

「たぶん、だと！」エレメントの支配者は咆哮した。「確実にわかってさえいないとは！　それに、いまなんといった？　貯蔵基地に侵入されたというのか。資格のない者は侵入できないと、おまえは断言したのではなかったか？　役たたずめ、1＝1＝ヘルム！」

「申しわけありません、ご主人」1＝1＝ヘルムが小声で答える。

「何度もいわなくていい、従者！」エレメントの支配者は皮肉っぽく応じた。「わたしはペリー・ローダンとその一党を《バジス》ごと破滅に導き、タウレクとヴィシュナをもあざむいて孵化基地におびきだした。ここでおまえがきちんと対応し、処理すると信じたからだ。なのにおまえは任務を忘れ、わたしにスーパー戦士の軍団を贈ろうとして、オクストーン人のクローンをいじるばかりだった」

1＝1＝ヘルムは犬が蹴られたような声をあげた。

「カッツェンカットの密告ですか！」と、侮辱を感じたかのように叫ぶ。

「事実にはちがいあるまい」と、エレメントの支配者。「両コスモクラートとその仲間をしとめるのだ……ただちに！　忘れるな、失敗は許されない。こんど失敗したら、おまえの不死の更新を考えなおさなくてはならないだろう」

その姿が瞬時に消え失せる。あとには憤懣（ふんまん）やるかたない技術エレメントがひとりのこされた……

7

増強基地は二、三時間前から大混乱におちいっていた。わたしは十戒の基地から脱出するため、ゼロ時間スフィアや格納庫に置かれた多数の宇宙船の一隻を盗みだそうと、むだな努力を重ねていた。そこに突然、ロボットと戦士の軍団が出現したのだ。

最初はわたしを探しているのかと思ったが、かれらはこちらに気づきもしなかった。その一方、増強基地の原物質の泡のあちこちで、敵とのはげしい戦闘が巻き起こっていた。その敵が何者なのかはいまだにわからない。

増強基地に侵入したのが十戒の敵であることは明らかだ。そこまではわかる。だが、それがどんな存在で、どこからやってきたのかは見当もつかなかった。

だからわたしは戦闘から距離をとり、戦場が移動したあと、役にたちそうなものを探して歩いた。いくつか奇妙な武器を見つけたが、そこに使われている技術はとくに目新しいものではなかった。

たぶん今回は運に恵まれたのだろう。戦闘で荒れはてた原物質の泡に侵入し、大なり小なり破損して破棄された装備を調べていると、乗員が離脱した戦闘グライダーが見つかったのだ。

「必要なのは宇宙船でしょう、モジャ！」ヒルダが文句をいった。

「宇宙船は何隻も見つけたけど、どれも警備が厳重だったり、ゼロ時間スフィアに格納されてたりするんだ。だったらグライダーのほうがいい」

「グライダーじゃ宇宙空間に出られませんよ」

わたしは議論を一方的に打ち切ることにした。このセランのポジトロニクスはわが女上司の感覚に合わせてプログラミングされていて、とても独善的だ。もちろん、敵対的な宇宙で生きのびるための助言は惜しまずあたえてくれるが、それはわたしをペルウェラ・グローヴ・ゴールの労働奴隷のままにしておいて、彼女に最大の利益を持ち帰らせるためだった。よほどの大どんでん返しがないかぎり、わたしがペルウェラのところにもどるのは不可能だということを、まだ理解していない。

たぶんこんどはうまくいくだろう。いま調べたグライダーは有望だった。テラのシフトくらいの大きさで、反重力装置とインパルス・エンジンを搭載し、完全コンピュータ制御のロケット砲とデトネーターで武装している。損傷しているのは曲がった着陸脚だけだった。そのため荒っぽい着陸になり、そのまま放棄されたらしい。

シートは中型のヒューマノイド知性体用で、平均的なサイズのテラナーであるわたしにはすこしせまかった。操縦装置の前にすわり、反重力装置とインパルス・エンジンのスイッチを入れる。すべて完璧に作動した。

すばやく上昇し、荒廃した戦場の上を通過して、とりあえず手近なトンネルの入口に向かう。隣接する無数の泡のひとつに通じているはずだ。

突然、はっとした。

探知スクリーンのひとつに、円形プラットフォームをおおう、くすんだゴールドに輝くエネルギー・ドームがいくつか表示されている……エネルギー・ドームがない孤立したプラットフォームもひとつある。

「なんてことだ！　あれは前に一度、疲れた目で見たことがある！」

「あなたが最後に眠った場所じゃないんですか、モジャ？」ヒルダがばかにするようにたずねる。

「そのとおりだ。デトネーターで吹っ飛ばしてやる。できれば、あのプラットフォームとドームをすべて破壊したい。あんなものがあってはいけないんだ」

「間違って、あそこにいる者たちを吹っ飛ばさないように！」ヒルダが警告した。

「だれかいるのか？」わたしは驚いて、探知スクリーンを見なおした。「あれはアルバート・アインシュタイン……それにオクリルだ！　これでは撃つわけにいかない。着陸するぞ」

「アルバート・アインシュタインですって！」ヒルダがあざける。「ばかなことといわないでください！　その人物は二千年以上前に死んでいます。ただの偶然……」

「この世にただの偶然なんて存在しない！」わたしはヒルダの言葉をさえぎり、戦闘グライダーを旋回させた。

グライダーは甲高い音をたてて比較的ちいさな半円を描き、騒々しく減速して、曲がった着陸脚でアインシュタインとオクリルの目の前に着陸した。

オクリルは気分を害したようで、低いうなり声をあげ、グライダーを破壊しそうなそぶりを見せた。

わたしは急いで外側スピーカーのスイッチを入れた。

「オクリルを引きとめてくれ、相対性理論の父！　あんたの友モジャだ。非番中のアストラル漁師だ」

「なんだって？」アインシュタインは驚いて、オクリルに声をかけた。「ヒーゥ、ペルーズ、ヒーゥ！」

オクリルはすなおにしたがった。右舷側のドアを引き裂いて斜路を食いちぎり、操縦室に突入して、子羊のようによろこびに跳ねまわる。

「メーデー、メーデー！」ヒルダがわめいた。

「しずかに！」わたしは一喝（いっかつ）した。「こいつはわたしが好きらしい。なぜだ？」

アインシュタインが入ってくると、オクリルは外に飛びだして戦場跡を駆けまわった。

「きみのプシ兄弟に影響されているか、あるいは……こちらのほうがありそうだが……本来はパラメカ性意識にすぎないオクリルの意識に、きみのプシ兄弟がほんもののÜBSEF定数を刻印したのだろう」と、アインシュタイン。「ある意味、きみたちは親戚のようなものなのだ」

「親戚？　わたしと……オクリルが？　十歳のとき父親に、われわれは猿から進化したんだといったときのことを思いだすな」

「父上はなんと？」アインシュタインがたずねた。

「〝おまえはそうだろうが、わたしは違うな〟だ」真顔でそう答えると……アインシュタインは息が苦しくなるまで笑い、まるでかじったリンゴを喉に詰まらせた白雪姫のように空気をもとめてあえいだ。

さいわい、そこにオクリルがもどってきて、合成アインシュタインは現実の問題に立ちもどった。

「両コスモクラートとその仲間たちのところへ行かなくてはならない」

「コスモクラート？　それってシヴァウクとわたしを危険な任務に送りだした者たちじゃなかったか？」

「シヴァウクとナウヴォアクです！」ヒルダが訂正する。

アインシュタインはまわりを見まわした。「いまのはヒルダだ。わたしのセランのポジトロニクスだよ」

「ああ！」と、アインシュタイン。

ミニカムの着信音が聞こえ、わたしは期待をこめてスイッチを入れた。

「あなたですか、ペルウェラ？」

「ペルウェラ？」荒々しい声が応じた。「なんの話だ？　だれだか知らないが、その位置からのメーデーを受信したから連絡している！」

「スタリオン・ダヴだ」立ち聞きしていたアインシュタインがいった。「オクストーン人の」

オクリルがいきなりその場にあらわれ、たまたまそこにいたアインシュタインを突き倒し、わたしの頸もとのミニカムのなかに入ろうとして……それができないので怒ったようにうなった。

「ペルーズか？」ダヴが信じられないという口調でいう。

「そのとおり！」わたしは答えた。「メーデーを送信した理由がわかったろう。オクリルに戦闘グライダーをめちゃくちゃにされたんだ」

ミニカムから一連の鈍い破裂音が聞こえ、ふたたびオクストーン人がいった。

「だれだか知らないが、合流したいなら二十分以内にわれわれを見つけてくれ。ビーコンを発射した。妨害されないといいんだが。十戒の手下の群れに見つかってしまうから、二十分以上は待てない。できればオクリルも連れてきてくれ」

「ペルーズがついてくるなら、よろこんで。アインシュタインも同行するだろう」

「けっこう！」ダヴが答えた。「急いでくれ！　もし会えなかったら、われわれはペドロ転送機で孵化基地にもどり、黒の領域を探す。もうひとつ、念のため教えておこう。十戒の三基地は、知性を持った三つの物質雲のÜBSEF定数のなかに存在しているのだ。この物質雲を十戒は〝宇宙巨人〟と呼んでいる。捕虜にした技術エレメント三名からタウレクが聞きだした」

「そのことなら知っている」わたしは答えた。

「なんだって？」と、オクストーン人。「ぜんぶ知っているのか？　何者なんだ？」

「ギフィ・マローダーだ。以前はナウヴォアクと名乗っていた」

そこで通信が切れた。オクリルが鼻面でわたしを押し倒し、頸をくわえこんだのだ。わたしは探測センサーとその表示機だけを作動させた。

「やめろ！」と、オクリルに声をかける。「主人のところに連れていってやるから。わたしを殺したりしなければな」

オクリルは即座にわたしを解放し、シートの横に寝そべった。わたしはアインシュタインがシートにすわってハーネスを装着するのを待ち、最大加速でスタートして、探測表示機がしめす方向に針路をとった。

＊

「ビーコンがこんなにはっきり受信できるのは驚きだと思わないかね？　そもそも、スタリオン・ダヴと通信できたことさえ不思議だ」と、アインシュタイン。わたしがふたつの原物質の泡をつなぐトンネルに戦闘グライダーを乗り入れようとしていると、そうたずねてきた。

「いかにも怪しいよな」わたしは答えた。「いままでわたしのミニカムはまったく作動しなかった……十戒の基地ではそうなんだろう。それが急に変わったのなら、背後にはまちがいなく1＝1＝ヘルムがいる。われわれに狙いを絞るため、妨害をやめたようだ」

アインシュタインがなにかいったが、わたしには聞こえなかった。その瞬間、グライダーがトンネルから次の原物質の泡のなかに飛びだしたのだ。われわれは突然、縦横に放射されるビームのなかを飛んでいた。わたしはありったけの技能を駆使して操縦したが、それでも数発、ビームが命中した。天井と側壁が輝く金属の塊りになり、吹き飛んでいく。アインシュタインとペルーズとわたしは通路にすわりこみ、ビームの直撃を覚悟した。それでグライダーは破壊され、われわれもおしまいだろう。

だが、直撃はなかった。

下方にいくつか、灼熱の波頭が生じた。そのなかからロボットの軍団と、数百台の移動ビーム砲が出現。

「タウレクのしわざだな！」アインシュタインが叫んだ。

たぶんそのとおりなのだろう。目の前にペド転送機の目もくらむエネルギー球が生じ、そこからスタリオン・ダヴの方向をしめす信号がとどいたから。わたしはグライダーを加速させ……血がにじむほど舌を噛んでしまった。緩衝装置が停止したのだ。反重力ジェネレーターがはずれて落下する。われわれもそのまま墜落するところだったが、インパルス・エンジンが一基だけ動いていて、最悪の事態はまぬがれた。

それでもグライダーの装甲の破片は大量の土埃や瓦礫を巻きあげた。なんとか機体を停止させられたのは、ペド転送機の横で待っていた一団の数メートル手前だった。

涙のにじんだ目でかれらを見やる。傷だらけのセランを着用したオクストーン人は、オクリルが飛びついた衝撃で地面に押し倒されていた。その隣りには一アフロテラナーがしゃがんでいる。全銀河系で有名なラス・ツバイだ。その横には女がひとり。ふたりのうしろに立っているヒューマノイドはセランを着用し、ヘルメットの奥の顔はきらめくブルーで、その目はガラスマーブルのようだった。

ほかにもさまざまな謎めいた装置やマシンのそばに膝をついているヒューマノイドが

二名いた。セランは着用しておらず、ひとりはズボンとシャツと、無数の銀色の小プレートを綴り合わせた上着を身につけている。もうひとりはコンビネーション姿だ。コンビネーション姿のほうは女だった。名前はベリーセ。

わたしは信じられない思いでかぶりを振った。どうして女の名前を知っている？　会ったこともないのに。

オクストーン人が立ちあがり、近づいてきた。

「きみがギフィ・マローダーか」そういって、そっとわたしと握手する。「仲間を紹介しよう。ペルーズはもう知っているな。ラスもわかるだろう。その隣りの女性はイルミナ・コチストワ、ブルーの顔の男はエルンスト・エラートという。あとのふたりはヴィシュナとタウレク、どちらもコスモクラートだ」

「ヴィシュナ？」わたしは思わずたずね返した。「ベリーセしか見あたらないが」

ダヴは片手を振った。

「ベリーセだと思ったら、それがヴィシュナだ。かんたんだろ。おぼえてしまえばいい。いや、わたしも頭がおかしくなりそうだが」かれは自分の額をつついた。「コスモクラートってやつは！」

タウレクと呼ばれたコスモクラートが近づいてきて、わたしに挨拶した。ごくふつうの人間に見える。

「われわれ、行かなくてはならない」かれがいった。「ここにいれば1＝1＝ヘルムの部隊は攻撃ができない。ペド転送機を傷つける恐れがあるから。だが、ヘルムは孵化基地の中央ペド転送機で部隊を送りこんでくるかもしれない。もちろん、きみに自分の計画があるなら、われわれに同行する必要はないが」

「自分の計画を実行するには、宇宙船か……できれば潜時艇が必要なんです。いっしょに行けば、すくなくとも退屈することはなさそうだ」

「それはまちがいない」タウレクの猛獣じみた黄色い目におもしろがるような色が浮かんだ。「では、アインシュタインを連れてきてくれ！　まもなくペド転送機を使用する」

かれはヴィシュナのところにもどり、さっきまでいじっていた装置類をしまいはじめた。わたしはアインシュタインに、ペルウェラの名高いプシトランス・ジェルを注射した。わたしの場合よりもよく効き、かれは急に意気軒昂になっただけでなく好戦的になり、それはツバイがブラスターを手わたすまでつづいた。

そのあとタウレクが一辺二十センチメートルほどの濃いグリーンの立方体を作動させた。六つの面のそれぞれに、硬貨大の黒い斑点がある。ペド転送機が脈動しはじめ……次の瞬間、われわれを引きずりこんで……

……吐きだした？

いや、もちろんわれわれを吐きだしたのはべつのペド転送機だったが、そこは悪夢のまっただなかだった。巨大な〝アリ塚〟や高層ビルの廃墟や泥に埋もれた塹壕や、まだ熱い爆発クレーターが周囲をかこんでいる。

＊

　その地に立ったとたん、無数のエンジン音がとどろいた。

「戦闘グライダーだ！」エラートが叫んだ。「かくれ場を探さないと！　身を守る必要がある」

「いいえ！」ヴィシュナがいった。「これはぜんぶ、大規模な欺瞞よ。１＝１＝ヘルムの部隊が到着するまで、わたしたちをここに釘づけにするための」彼女は黒い鏡のようなものを両手で持ち、のぞきこんだ。「このまわりはすべてプロジェクションの層におおわれていて、現実はその下にある。実際の状況を見きわめるのは困難だけど、ここからはなれなくては」

　オクリルが身の毛もよだつ咆哮をはなち、大きく跳躍した。その姿がアリ塚のひとつのなかに消え、見えているものが現実ではないことをしめした。

「ペルーズはプロジェクションの向こうが見えているようです」ダヴがいった。オクリルが急にまた姿をあらわし、かれのところにもどって、すぐにまた跳躍する。

「では、あとについていこう！」タウレクがいった。

「進め、ペルーズ！」オクストーン人が叫ぶ。「ヒーゥ！」

オクリルは何度か鼻を鳴らし、突進を開始した。セランの飛翔装置がなかったら追いつけなかったろう。わたしは最初、両コスモクラートはあとにのこるものと思っていた。どちらも飛翔装置らしいものを装備していなかったから。だが、ふたりは軽々と宙に浮かび、横と後方についてきていた。服の下にかくれてしまうくらいの、きわめて小型の装置があるのだろう。

アリ塚や高層ビルの廃墟や塹壕やクレーターのプロジェクションが背後に遠ざかる。オクリルは主人にいわれたとおり走りつづけた。

到着した原物質の泡をあとにして、トンネルのなかを次の泡に向かう。突然、わたしはシヴァウクとナウヴォアクの夢のなかにもどっていた。オクリルの咆哮でわれに返ったが、意識が現実にもどる前、わたしはトンネルの壁の向こうで明滅するイメージのなかにいて……そこではペルーズがわたしに駆けよってきていた。現実にもどるとその姿は消え、飛翔しながら前方を見ると、オクリルは変わらず先頭を走りつづけている。

ぞっとしたものの、そのことはだれにも話さなかった。もう次の原物質の泡に入り、またしてもわれわれの目をあざむく、悪夢のようなプロジェクションにかこまれていたから。つねに正しい方向に先導してくれるオクリルがいなかったら、われわれは道を見失い、とほうにくれていただろう。

そんなことが数時間つづいた。このまま永遠に泡から泡へ、悪夢から悪夢へ移動しつづけるのではないかと思いはじめたころ、硬化した原物質でできた、大きな黒い泡のなかに出た。

わたしはほっとした。

そこには悪夢のプロジェクションがなく、ただ虚無と静寂があるばかりだった。オクリルがフォーム・エネルギー製らしい、目に見えない表面の上に突進し……われわれもそれにつづいた。わたしは息をついた。

だれかがなにか叫んでいる。

だが、それどころではなかった。血のように赤い巨大なミミズの群れを発見したのだ。同時に、ベルトの左に装着していたプシ・フィールド探知機が反応する。

わたしは周囲を見まわした。

どこかにプシオン性構造体が存在するということ。対応しなくてはならない。商売は商売だ。

しぶしぶ右足を踏みだすと、突然、自分が南の島の、薄黄色の細かい砂の上にいることに気づいた。背後にはココヤシの木、目の前にはフラ・ガールたち。これはすばらしい……ココナッツ・ミルクが飲みたくなる……が、プシ・フィールド探知機の反応から、目に見えるものを信じるわけにはいかないのはわかっていた。この分野では豊富な経験があるのだ。

「ペルーズ！」わたしはできるかぎりの大声で叫んだ。

楽園の光景は瞬時に消え失せた。わたしは黒い泡のなかに浮かんでいて、眼下にはオクリルと、引き裂かれた深紅のミミズの群れが見えた。両コスモクラートとエラート、ダヴ、ツバイ、イルミナが、どこからともなく次々と出現する。

「すばらしい気分！」オクストーン人が叫んで、両太股をたたいた。ツバイはおだやかに笑い、イルミナは鼻歌を歌い、エラートはため息をついてからだをのばしている。

「超越エレメントだ」タウレクが死んだミミズの群れを見ながらしずかにいった。「できるだけかたまっていろ！　いずれ終わる。短時間で、べつの存在平面に飛ばされるだけだから」

それでも全員がふたたび行動できるようになるまで、半時間ほどかかった。徐々にわかったのは、そこが硬化した原物質の黒い泡の複合体のなかだということ……そしてその中心に、探していたものをとうとう発見することができた。

そこでは数千トンの数千倍のプラズマがせまい空間に押しこまれ、単独の生物ではけっして到達できない知性を発達させて……その精神力により、思考が文字どおり大波となって押しよせていた。われわれにとって、そこに存在するのはポスビの中央プラズマの思考世界だけになった。

わたしがそのことを認識できたのは、あらゆる種類のプシオン力をあつから熟練者だからだ。そうでなければわたしも……いま仲間たちがたぶんそうなっているように……一種の巨大ドームのなかに立ち、頭上からの声を聞いているると感じたことだろう。

「くるころだと思っていた！」声が響いた。「わたしを助けてもらいたい！」

「なにをすればいい？」第二の声が聞こえた。スタリオン・ダヴだ。

わたしは驚いた。オクストーン人が事実を見抜き、適切に反応できるとは思っていなかったから。だが、その直後、わかったことがあった。このゲームの主人公はわたしではなく、スタリオン・ダヴだったのだ。

「なにをすればいいのかはわからない」中央プラズマが答えた。「わたしの話を聞くのだ、スタリオン・ダヴ……そのうえで、決断してもらいたい！

わたしは宇宙巨人の夢をのぞき見た。孵化基地は巨人のÜBSEF定数のなかに存在し……同じような宇宙巨人があと二体、存在することもわかった。それらは原始銀河、すなわち物質雲で、知性を持っている。オン／ノーオン量子が過剰に放出されるという事故のため、通常の銀河に進化することができなかったのだ」

「シヴァウクとナウヴォアクがその物質雲のなかに入りこみ、知性体になりたいという期待をそれらにいだかせたんだ」わたしは口をはさんだ。

「ギフィ・マローダーだな？」と、中央プラズマ。

「わかっているんだろう」

「ああ、わかっている……ほかにもいくつか」中央プラズマは謎めいた返事をした。

「三体の宇宙巨人は、エレメントの十戒に発見されて乱暴に利用されたりしなければ、通常の銀河に進化していたかもしれない。十戒の三基地はもともとただの惑星で、いまは宇宙巨人のÜBSEF定数のなかで姿を変えているが、本質的には寄生物だ。

それがÜBSEF定数のなかで安定して存在できるのは、宇宙巨人の意識エネルギーをかすめとっているから。宇宙巨人は寄生物に気づかずにエネルギーを奪われつづけ、数十万年にわたって昏睡状態のなかで夢をみている。その潜在的な力はとてつもなく大きく、目ざめさえすれば、十戒の基地くらい破壊できるはず」

「だったら、目ざめさせなくては！」ダヴがいった。「孵化基地が寄生しているÜBSEF定数の持ち主である宇宙巨人の夢のなかに、わたしが入りこむことはできないだろうか？」

「だめだ！」中央プラズマが警告した。「自分自身を失ってしまうだろう。1＝1＝ヘルムやカッツェンカットもその領域には入ろうとはしない。エレメントの支配者すら、そこを恐れている」

「ふむ！」と、ダヴ。「それはそのとおりだろうが、なにか方法があるはず。テレパシー・インパルスかなにかで、孵化基地の外から宇宙巨人を目ざめさせられないか？」

「どう反応するか不安がある」と、中央プラズマ。「気をつけろ、危険が迫った！　数十万体の原物質存在のパラメカ性意識インパルスを感じる。きみのＤＮＡを持ったクローンもたくさんいる、スタリオン。撤退したほうがいい」

巨大ドームの幻影が消え、ふたたび現実が目の前にひろがった。硬化した原物質の黒い泡のなかの中央プラズマが。

次の瞬間、黒い原物質が振動し、金属的な声が響いた。

「おまえたちが中央プラズマのもとに行く誘惑に抵抗できないことはわかっていた」

「１＝１＝ヘルム！」アインシュタインがつぶやく。

「そのとおり、おまえの主人だ！」孵化基地の指揮官の声が泡を震わせた。「裏切りの代償は高くつくぞ、アインシュタイン。だが、いまはそれどころではない。コスモクラートに告げる！　タウレクとヴィシュナ、降伏しろ！　脱出は不可能だ。黒の領域はわたしの部隊が完全に封鎖した」

「ここまできて、捕まえてみるがいい！」タウレクの声がいった。

「その必要はない」と、１＝１＝ヘルム。「二分間の猶予をあたえる。それが過ぎたら、一分ごとに百トンのプラズマを殺害する……ブラッフだと思われないよう、まず、十トンのプラズマからはじめる」

わたしの背筋に冷たいものがはしった。プラズマ塊に輝く点があらわれ、急速にひろがったのだ。

中央プラズマの精神的な苦痛の叫びは、わたしの脳を引き裂きそうなほどだった。

「あきらめるしかないな」タウレクがいった。

「だめだ！」わたしは叫んだ。「プラズマは自力で切り抜けられる！　超強力な精神インパルスを全力で放射すればいい。それで宇宙巨人は目をさまし、自分をとりもどすはず」

「プラズマにそんな行動をもとめてもむだだ」1＝1＝ヘルムがいった。「やつは臆病で、決断力がないから」

その言葉がまだ終わらないうちに、精神インパルスの嵐が生じた。中央プラズマが全力を傾注し、まさしく超強力なインパルスを放射したのだ。黒い原物質の泡が破裂するのではないかとさえ思えた。

わたしには耐えられない。

ベルトの秘密の装置に手を伸ばし、プシ防御を作動させる。目の前で光が揺らめいた。反プシ・フィールドが形成され、拡大して、ありがたい無力感がわたしをつつみこんだ……

8

ヴィシュナとタウレクは思わずしゃがみこんだ。孵化基地が文字どおり、ばらばらに四散したのだ。両コスモクラートの耳に、目ざめた宇宙巨人の精神的な叫びがとどいた。同時に数十万体の重武装の原物質存在と、スタリオン・ダヴのクローンの群れがあらわれる。さらに、あらゆる種類のロボットと戦闘グライダーが全方位から黒の領域に突入してきた。

「降伏すべきだったかもしれないわ」ヴィシュナがいった。「中央プラズマの存在を危険にさらすのは無責任だと思う」

「いや、その心配はない。宇宙巨人が目ざめたのだ。なんとかしてくれるはず！」タウレクは両手を握りしめた。「ここで戦うわけにはいかない。プラズマをさらに大きな危険にさらすことになる」かれは周囲を見まわした。姿が見えるのはラス・ツバイとイルミナ・コチストワとエルンスト・エラートだけだ。「ギフィ・マローダーとアルバート・アインシュタインと、オクストーン人とオクリルがいないな！　ここから脱出するには……」

ヴィシュナがかれの前腕に手を置いた。

「いいえ、脱出の必要はないわ、タウレク。見て！　宇宙巨人の夢からきたシンボル映像よ！」

タウレクは彼女がさししめす方向に目を向けた。原物質の泡の壁が無数の破片になって崩壊し、急速に拡大するひび割れから、悪夢じみたシンボル映像の奔流があふれでてくる。見えはじめたときはまだ霧のようで非物質的だったが、外に出るとたちまち現実の物質になる。それらは翼のある巨大な生命体に変化し、1＝1＝ヘルムの部隊に襲いかかった。指先と目からエネルギー・ビームを射出している。

1＝1＝ヘルムの部隊は完全に不意を突かれた。武器をほうりだし、原物質の泡から逃げだしていく。宇宙巨人の〝復讐の天使〟たちがそれを追撃した。泡の外は大乱戦になった。

「すばやい勝利はかんたんに敗北に変わるもの」タウレクが指摘した。「宇宙巨人にはもう戦士がいない。ひび割れも閉じはじめている」

「数十万年も昏睡状態だったから、力を消耗していたのね」と、ヴィシュナ。「短時間だけがんばって、眠りこむか気絶するかしたんでしょう」

原物質の泡の向こうからは間断なく雷鳴や破裂音や咆哮が聞こえてくる。やがて宇宙巨人の戦士たち数体がよろめき血を流し、なかば燃えながら撤退してきた。出てきたひび割れを探すが、それはもう閉じている。かれらはたちまち優勢な1＝1＝ヘルムの部隊に追いつかれ、殲滅（せんめつ）された。

「逃げないと！」と、ヴィシュナ。

「マローダーとアインシュタインとオクストーン人とオクリルがまだだ」タウレクが指摘する。

「これ以上待てないわ」ヴィシュナがきびしい声でいった。「《バジス》がランドIに向かっているのを忘れたの？　ティリクがそこに中央プラズマがあるといったから。でも、それはここにあった！　ティリクが嘘をついたのよ！」

「あれはティリクではない。ティリクがわれわれを罠にかけるはずがないから。だが、だれであるにせよ、かれは間違いをおかした。ラス、われわれを連れてテレポーテーションしてもらいたい！」

かれとヴィシュナはこぶし大の半球ふたつを地面に置いた。ふたりがツバイに駆けよると、半球は壊滅的なエネルギー・ビームの弾幕を展開する。すでに泡に入りこんでいた1＝1＝ヘルムの部隊は一掃された。

だが、後続の部隊が追撃してくる。

ここでラス・ツバイがテレポーテーション。かれらは非実体化し、再実体化し、ふたたび非実体化した。三度の〝ジャンプ〟をへて、かれと両コスモクラートとエラートとイルミナは孵化基地の中央ペド転送機の前に立っていた。

タウレクが大急ぎで、鹵獲した制御モジュールでスイッチを入れる。ペド転送機が脈動しはじめた。

突然、どこからともなく一ヒューマノイドが出現。ルビーのように赤い複眼が鼻梁の上で輝いている。

「ティリク！」イルミナが希望に満ちた声をあげた。

ヒューマノイドがぞっとする笑い声を響かせる。

「あれはティリクじゃない！」ヴィシュナが恐怖の声でいった。「エレメントの支配者よ！」

ふたたびぞっとする笑い声が響く。凍りつくような冷たい声がいった。

「両コスモクラートがこれほどおろかだったとは驚いたな。目がさめたようだが、もう手遅れだ」

「われわれ、すでに脱出寸前だ！」タウレクが叫んだ。

「ああ、行くがいい！」エレメントの支配者があざける。「1＝1＝ヘルムは失敗したが、わたしの罠はすでに閉じている。《バジス》で敗者たちが待っているぞ！」

笑い声とともに、その姿が消え失せた。

「不安だわ！」ヴィシュナがつぶやく。

「あともどりはできない」と、タウレク。

ペド転送機が目に見えない想像上の手を伸ばし、五名をつかんで時空の彼方、べつのペド転送機へと投げわたした。

再実体化したとき、かれらは敗北を自覚した。

すでに予想していたことではあった。

そこに見えるのはたしかに友や信頼する者たちの顔だったが、なにもいわず、純粋な憎しみを発散している……その背後には重武装の宙航士たちが立っていた。ブラスターをあげ、銃口を五名に向けている。

かれらは降伏した。

連行されていくと、憎しみに満ちた精神的つぶやきが聞こえ……それが徐々に強くなる。タウレクとヴィシュナには、ツバイとエラートとイルミナが数百万トンの憎悪プラズマの放射に影響を受けていくのがわかった。

ランドⅠは罠だったのだ。

突然、ヴィシュナがおさえた悲鳴をあげ、まっすぐ前方に見えるふたつのぼんやりした人影を指さした。ペリー・ローダンと、ローランドレのナコールだ。

「これではっきりした。ランドⅠはたんなる罠ではない。反クロノフォシルだ」タウレクが低い声でいった。「いまや、たよれるのはオクリルを連れたスタリオン・ダヴだけだな」

「かれらになにができるの？」ヴィシュナが意気消沈してたずねた。

＊

意識がもどると、ヒルダがささやいてきた。

「気をつけて、モジャ！」

「いつだって気をつけている」不機嫌にそう答え、反プシ・フィールドの内側の湾曲した鏡面を見る。

そこにはかなりぼやけた、横にひろがった自分の姿がうつっていた……ヒルダの姿もある。その鏡は実体としての肉体をうつすわけではないから。

ほかにもうつっているものがあった。

アルバート・アインシュタインと、スタリオン・ダヴと、ペルーズのプシオン性の影だ！

どうしてそんなことが？

プシ防御が機能しているあいだはたずねられないので、わたしは装置のスイッチを切った。反プシ・フィールドの内壁があらゆる色にきらめき、消える。

オクリルの咆哮が聞こえ、同時に現実のアインシュタイン、ダヴ、ペルーズの姿が見えた。その先は地獄だ。武装した原物質存在、オクストーン人とオクリルのクローン、戦闘ロボットが群れをなしていた。それらが、二百の太陽の星の中央プラズマを格納した黒い原物質の泡を埋めつくし……こちらに向かって前進してくる。

ただ、前進速度は遅かった。わたしの近くの地面に置かれたこぶし大の半球ふたつが、敵に向かってビームの弾幕を張っているから。まちがいなく、コスモクラートの武器だろう。

だが、ヴィシュナとタウレクはどこだ？　ツバイとイルミナは？　エラートは？

「なにをばかみたいに突っ立っているんです？」ヒルダが文句をいった。「手遅れにならないうちに、安全な場所に移動すべきです」

「黙ってろ！」わたしは一喝した。

とはいえ、時間がなくなりかけているのはわかっていた。コスモクラートの武器の弾幕が薄くなり、敵が前進を再開する。

右手のほうの原物質の壁に亀裂が見えた。その向こうでは奇妙な影のような姿が、シンボル映像を背景に動きまわっている。たぶんそこなら安全だろう。

「こっちだ！」わたしは仲間たちに声をかけ、走りだした。

アインシュタインとダヴとオクリルが躊躇なくあとにつづく。亀裂を通過すると、いきなりべつの宇宙にいた。現実味のない、わけのわからない幻影だらけの、夢のなかのような場所だ。

「タウレクたちはどうなった?」わたしは息を切らしながらたずねた。

「《バジス》にもどったのではないかと思う」アインシュタインが答える。「状況から考えて、そこで罠に落ちたのだろう」

「助けなくては!」と、ダヴ。

「いまはわれわれが生きのびるのが先だ」わたしはいった。「かれらを助ける方法はあとで見つかるだろう。願わくは!」

オクリルが奇妙な目つきでわたしを見て、鼻を鳴らした。

ペルーズは未来を見通しているのだろうか……?

あとがきにかえて

嶋田洋一

毎年恒例となっている湯河原温泉でのローカルSFコンベンション、ガタコンが今年も開催された。新潟にゆかりの深いSF関係者を中心に、六、七十名が集まって温泉旅館を借り切り、週末をのんびりSF三昧で過ごそうという集まりである。

当初は毎年新潟県内で開催されていたが、主要メンバーが首都圏に移り住むようになった結果、ここ十五年は湯河原での開催が定例となっている。

メイン・イベントは夕食後、大広間に集まって酒やソフト・ドリンクを飲みながらの深更に及ぶ雑談なのだが、SF大会らしい／らしくない企画もいろいろと用意されている。

・オープニング・ビデオ（ドイツのネルトリンゲンまで取材に出かけた力作？）

・夢枕獏氏講演（獏さんはほぼ毎年顔を出してくれている）
・ビブリオバトル（プロのSF関係者によるお薦め本の紹介。五、六人が自分の選んだ作品を一分間で紹介し、拍手で観客の支持を問うて優勝者を決める）
・温泉卓球大会（履き物はスリッパというレギュレーションのトーナメント制）
・SF書道大会（お題から思いついたことを毛筆で書き、獏さんが優秀作を選定）
・SF密林杯吹矢体験（吹矢を体験してもらう中で、お遊び的に点数を競ってもらう）

このほかにも同人誌《SFファンジン》誌上で全日本中高年SFターミナルが主催する「空想科學小説コンテスト」の表彰式もガタコンで開催されることになっている。このコンテストは文学賞としてはたぶん唯一〝チャンピオン・ベルト制〟を取っていて、受賞者は翌年も作品を応募して受賞しないと、ベルトを防衛できないのだ。

今回わたしは（ゲラ校正のまっ最中だったので）大急ぎで荷物をまとめて参加することになり、重要な物品をいろいろと忘れていってしまった。そのせいでほかのスタッフや参加者のみなさんに迷惑をかけることになってしまい、反省しきりである。

ガタコンはたぶん来年も十一月のどこかの土日で開催されるはず。よかったら遊びにきませんか？　《SFマガジン》の直近の号に告知を載せています。

訳者略歴　1956年生，1979年静岡大学人文学部卒，英米文学翻訳家　訳書『マゼラン星雲への道』マール＆エルマー，『プシ・ショック』エーヴェルス（以上早川書房刊）『巨星』ワッツ他多数

HM=Hayakawa Mystery
SF=Science Fiction
JA=Japanese Author
NV=Novel
NF=Nonfiction
FT=Fantasy

宇宙英雄ローダン・シリーズ〈607〉

アストラル漁師（りょうし）

〈SF2261〉

二〇一九年十二月二十日　印刷
二〇一九年十二月二十五日　発行
（定価はカバーに表示してあります）

著者　H・G・エーヴェルス
訳者　嶋田（しまだ）洋一（よういち）
発行者　早川浩
発行所　株式会社早川書房
郵便番号　一〇一-〇〇四六
東京都千代田区神田多町二ノ二
電話　〇三-三二五二-三一一一
振替　〇〇一六〇-三-四七七九九
https://www.hayakawa-online.co.jp

乱丁・落丁本は小社制作部宛お送り下さい。
送料小社負担にてお取りかえいたします。

印刷・信毎書籍印刷株式会社　製本・株式会社川島製本所
Printed and bound in Japan
ISBN978-4-15-012261-4 C0197